唐宋卷

# 杜牧集

主编 陈祖美

编著 胡可先

河南文艺出版社
·郑州·

**图书在版编目(CIP)数据**

杜牧集/胡可先编著. —郑州:河南文艺出版社,
2018.11

(中华经典好诗词/陈祖美主编)

ISBN 978-7-5559-0707-7

Ⅰ.①杜⋯　　Ⅱ.①胡⋯　　Ⅲ.①唐诗−诗集　Ⅳ.①
I222.742

中国版本图书馆 CIP 数据核字(2018)第 134223 号

---

| 出版发行 | 河南文艺出版社 |
|---|---|
| 本社地址 | 郑州市鑫苑路 18 号 11 栋 |
| 邮政编码 | 450011 |
| 售书热线 | 0371−65379196 |
| 承印单位 | 河南瑞之光印刷股份有限公司 |
| 经销单位 | 新华书店 |
| 纸张规格 | 890 毫米×1240 毫米　1/32 |
| 印　张 | 6 |
| 字　数 | 132 000 |
| 版　次 | 2018 年 11 月第 1 版 |
| 印　次 | 2018 年 11 月第 1 次印刷 |
| 定　价 | 28.00 元 |

---

版权所有　盗版必究

图书如有印装错误,请寄回印厂调换。

印厂地址　河南省武陟县产业集聚区东区(詹店镇)泰安路

邮政编码　454950　　电话　0391−2527860

# 导言

陈祖美

　　"中华经典好诗词"丛书是从浩如烟海的中华优秀诗词中几经精简、优中选优的一套经典诗词丛书。全套丛书共分先唐、唐宋、元明清三卷。其中唐宋卷唐代部分包括大小李杜,即李白、杜甫、李商隐、杜牧四位大家的作品专集,以及唐代其他名家的诗词精品,即《唐代合集》;宋代部分包括柳永、苏轼、陆游、辛弃疾四位大家的作品专集,以及宋代其他名家的诗词精品,即《宋代合集》。唐宋卷合计共十种。

　　综观本卷的十个卷本,各有别致之处和亮点所在。

　　李白和杜甫本是唐代名家中的领军人物,读过李、杜二卷更可进一步领略李、杜之别不在于孰优孰劣,而主要在于二人的性情禀赋、所处环境、生平际遇,以及所运用的浪漫主义和现实主义创作方法的不同。从林如海所编的《李白集》中,我们可以体会到诗仙作品那"笔落惊风雨,诗成泣鬼神"的艺术魅力。宋红编审在编撰《杜甫集》时,纠正了新旧注释中的不少错误,再三斟酌杜甫的全部诗作,为我们提供了不曾为历代选家所关注的一些新篇目,使我们对杜甫有了更深层次的认识。

在李白、杜甫身后一个多世纪的晚唐时代，再度出现了李商隐、杜牧光耀文坛的盛事。

平心而论，在唐宋卷的十种中，《李商隐集》的编撰怕是遇上较多难题的一种。感谢黄世中教授，他凭借对李商隐研究的深厚功底，不惮辛劳，从李商隐现存的约六百首诗作中遴选出八大类佳作，为我们消除与李商隐的隔膜开辟了一条捷径。

杜牧比李商隐的幸运之处，在于他尽管受到时相李德裕的多方排挤，却得到了同等高官牛僧孺的极力呵护和器重。再说杜牧最后官至中书舍人，职位也够高了。从总体上看，杜牧的一生风流倜傥，不乏令人艳羡之处，他的相当一部分诗歌读来仿佛是在扬州"九里三十步的长街"上徜徉。对于胡可先教授所编的《杜牧集》，您不妨在每年的春天拿来读一读，体验一下"腰缠万贯，骑鹤下扬州"的美好憧憬。

《唐代合集》所面临的主要难题是版面有限而名家、好诗众多。为了在有限的版面中少一点遗珠之憾，编者陈祖美主要采取了以下三种缓解之策：一是对多家必选的长诗，如《春江花月夜》《长恨歌》《琵琶行》等忍痛割爱；二是著名和常见选本已选作品，尽量避免重复，这里不再选用；三是精简点评字数。

唐宋卷中《柳永集》的编撰难度同样很大，其难点正如陶然教授所说：在柳永的生平仕履中谜团过多、褒贬不一。所幸，陶然教授继承和发扬了其业师吴熊和教授关于柳永研究的种种专长和各项成果，创造性地运用到本书的编撰之中，从而玉成了这一雅俗共赏的好读本。

仅就本丛书所限定的诗词而言，苏轼有异于以词名世的柳永和辛弃疾,洵为首屈一指的"跨界诗词王"！那么,面对这位拥有两千多首诗、三百多首词的双料王牌,本书的编撰者陶文鹏教授运用了何种神机妙策,让读者得以便捷地领略到苏轼其人其作的精髓所在呢?答曰:科学分类,妙笔点睛。不仅如此,本集在题材类编同时,还按照五绝、七绝、五律、七律、词、古风等不同体裁加以排列。编撰者将辛劳留给自己,将方便奉献给读者。

高利华教授所编撰的《陆游集》,则是对陆游"六十年间万首诗"的精心提取。正是这种概括和提取,为我们走近陆游打开了方便之门。编者将名目繁多的《剑南诗稿》(包括一百三十多首《放翁词》)中优中选优的上上佳作分为九大类。我们从前几个类别中充分领略了陆游的从军之乐和爱国情怀,而编者所着力推举的沈园诗则是陆游对宋诗中绝少的爱情篇章的另一种独特贡献。尤其值得一提的是,《陆游集》的更大亮点在于"家祭无忘告乃翁"这一类诗所体现的好家风。山阴陆氏的好家风,既包括始自唐代陆龟蒙诗书相传的"笠泽家风",更有殷切期望后人继承和发扬为国分忧、有所担当的牺牲精神。

邓红梅教授所编的《辛弃疾集》,将辛弃疾六百余首词中的佳作按题材分为主战爱国词和政治感慨词等十一类,从而把人称"词中之龙"的辛弃疾,由人及词全面深刻地做了一番透视与解剖。这样,即使原先是"稼轩词"的陌路人,读了邓红梅的这一编著,沿着她所开辟的这十多条路径往前走,肯定会离辛弃疾越来越近,并从中获得自己所渴望的高品位的精神享受。

唐宋卷由《宋代合集》压轴,不失为一种造化,因为本集的编撰者王国钦先生一贯擅出新招儿、绝招儿。他别出心裁地将本集的八个分类栏目之标题依次排列起来,巧妙地构成一首集句七言诗:

彩袖殷勤捧玉钟,为谁醉倒为谁醒?
好山好水看不足,留取丹心照汗青。
流水落花春去也,断续寒砧断续风。
目尽青天怀今古,绿杨烟外晓寒轻。

读了这首诗想必读者不难看出,这八句诗分别出自宋代或由唐入宋的诗词名家之手。这些佳句呈散沙状态时,犹如被深埋的夜明珠难以发光。国钦先生以其披沙拣金之辛劳和出人意料的奇思妙想,将其连缀成为一首好诗。它不仅概括了本集的主要内容,也无形中大大增添了读者的兴趣。

接连手术后未及痊愈,丁酉暮春
勉力写于北京学院路寓所
2017 年 12 月

# 目　录

## 怀古咏史·折戟沉沙铁未销

## 山水风景·霜叶红于二月花

## 感慨抒怀·啸志歌怀亦自如

## 亲情友谊·碧山终日思无尽

## 情诗恋歌·赢得青楼薄幸名

## 妇女生活·轻罗小扇扑流萤

## 羁旅思乡·杜陵芳草岂无家

## 追忆往事·秋山春雨闲吟处

## 褒贤刺时·留警朝天者惕然

## 时序节令·但将酩酊酬佳节

## 国家兴亡·听取满城歌舞曲

## 论诗论艺·天外凤凰谁得髓

怀古咏史

折戟沉沙铁未销

# 金谷园①

繁华事散逐香尘②，流水无情草自春③。

日暮东风怨啼鸟，落花犹似坠楼人④。

[注释]

①金谷园：在河南洛阳市西北金谷涧。有水流经此地，谓之金谷水。晋太康中石崇建园于此，即世传之金谷园。

②香尘：沉香之末。

③流水：指金谷水。

④坠楼人：谓石崇的爱妾绿珠。绿珠（？—300），晋石崇家歌伎，善吹笛。时赵王司马伦杀贾后，自称相国，专擅朝政，石崇与潘岳等谋劝淮南王司马允、齐王司马囧图伦，谋未发。伦有嬖臣孙秀，家世寒微，与囧宿憾，既贵，又向崇求绿珠，崇不许。此时力劝伦杀崇，母兄妻子十五人皆死。甲士到门逮崇，崇对绿珠说："我今为尔得罪。"绿珠边泣泣边说："当效死于君前。"因自坠于楼下而死。

[点评]

　　这首诗作于开成二年（837）春，时杜牧为监察御史分司东都。金谷园是西晋石崇的私人花园。石崇（249—300），字季伦，小字齐奴，南皮（今河北南皮）人。历任散骑常侍、青州刺史等职。尝劫远使商客,而致豪富。于河南置金谷园,奢靡成风。与贵戚王恺、羊琇以豪侈相尚,与潘岳、陆机等依附贾后、贾谧,时号二十四友。永康元年(300),赵王司马伦废杀贾后,崇以党与免官。又为孙秀所潛,被杀。石崇生活豪侈,歌伎很多。其中绿珠尤得宠爱。当时赵王司马伦专权,其亲信孙秀派人向石崇索要绿珠,不与,遂矫诏逮捕石崇。崇被捕,绿珠就在园中清凉台跳楼自尽。牧诗即咏此事。

# 题桃花夫人庙①

细腰宫里露桃新②,脉脉无言几度春③。
至竟息亡缘底事④,可怜金谷坠楼人⑤。

[注释]

①桃花夫人庙:在黄州黄陂县东三十里。息夫人姓妫,是春秋时陈侯之女,嫁给息国君主,称息妫。

②细腰宫:即楚王宫。因楚王爱细腰,后世称楚王宫为细腰宫。

③脉脉:凝视的样子。无言:据史载息夫人被楚文王强纳为夫人后,生二子,但一直不与楚王言语。

④至竟:到底。底事:什么事。

⑤金谷坠楼人:指绿珠。参《金谷园》诗注。

这首诗作于会昌二年(842)至四年(844)杜牧为黄州刺史期间。息夫人是春秋时陈侯之女,嫁给息国君主。楚文王闻其美貌,灭息攘为己有。诗的前二句以息夫人之不语表其哀怨,后二句以绿珠坠楼责其不死。

# 题乌江亭<sup>①</sup>

胜败兵家事不期<sup>②</sup>,包羞忍耻是男儿<sup>③</sup>。

江东子弟多才俊<sup>④</sup>,卷土重来未可知<sup>⑤</sup>。

[注释]

①乌江亭:在安徽和县东北四十里。

②胜败句:谓胜败乃兵家常事,谁也不能预先知道。

③包羞句:谓能忍受耻辱,战败而不气馁,才是男儿的本色。

④江东句:谓江东子弟有很多优秀人才。江东:自汉至隋唐称自安徽芜湖以下的长江南岸地区为江东。才俊:才能出众的人。

⑤卷土重来:指失败以后,整顿以求再起。

[点评]

这首诗作于开成四年(839),时杜牧除官左补阙赴京,经过和州乌江亭。公元前203年，项羽在垓下被围，战败，至乌江自刎。全诗的意思是：胜败乃兵家常事，很难预先料定。而失败之后能够忍辱负重以重整旗鼓，才称得上真正的男儿。江东有众多豪杰俊才，如果项羽失败而不自杀，卷土重来、反败为胜也是可能的。显然杜牧对项羽的自杀不以为然。杜牧认为项羽刚愎自用，有勇无谋，不能包羞忍耻，缺乏男儿应有的气质，经不起失败的挫折，更缺乏大英雄的远见卓识。不然则应该卷土重来。此诗一方面对项羽进行批评与慨叹，同时也反映了杜牧的胸襟与气概，议论出奇立异，富含哲理意味。这首诗通过项羽失败这一具体事件，表达了诗人对于生死荣辱的另一面看法。从反面宣扬失败不馁、百折不挠的精神。认为为完成事业而委曲求全的精神同样是崇高的。

# 题横江馆①

孙家兄弟晋龙骧，驰骋功名业帝王②。

至竟江山谁是主③，苔矶空属钓鱼郎④。

[注释]

①横江馆：在安徽和县东南，也称横江浦，与南岸采石矶隔江对峙，古为要津。

②孙家二句：谓孙策、孙权兄弟及西晋龙骧将军王濬都在

此地驰骋功名,孙家兄弟终成帝王之业。孙家兄弟,指孙策、孙权。晋龙骧,指王濬(206—285),字士治,晋弘农人,为巴州刺史,迁益州刺史。复为龙骧将军。

③至竟:毕竟,究竟。

④苔矶:长满青苔的石矶。矶是突出江边的小石山。

[点评]

这首诗作于开成四年(839)春,其时杜牧入京经和州游横江馆,凭吊古迹。诗人以横江馆在三国两晋时期煊赫的功业与眼前荒凉的情况比较,生发出江山依旧、人事已非的感慨。


# 题商山四皓庙一绝①


吕氏强梁嗣子柔②,我于天性岂恩仇③。

南军不袒左边袖,四老安刘是灭刘④。

[注释]

①四皓庙:在商州东商洛镇。

②吕氏句:谓吕后强横而太子柔弱。吕氏强梁,即吕后强横。

③我于句:谓刘邦与太子和赵王如意都是父子,本没有什么恩仇,只是吕氏强梁,太子柔弱,与自己不一样,而如意类己,故欲废太子而立如意。天性,谓父母爱子女乃天然的品质或

特性。

④南军二句：谓南军若不愿效忠刘氏，那么，商山四皓名为扶助太子安定天下，实际上是使刘氏灭亡。南军，西汉时禁卫军有南北军，南军保卫未央宫，因宫在长安城南，故称；北军保卫京城北部。吕后死后，掌握禁卫军的吕产、吕禄想拥兵作乱，刘邦旧臣绛侯周勃以太尉身份与丞相陈平谋诛诸吕以安刘氏天下。击败吕产，杀之于郎中府。杜牧诗称"南军"，与史实略有出入。袒(tǎn)，裸露。

[点评]

这首诗作于开成四年(839)，时杜牧赴官入京，途经商山，题诗于四皓庙。商山四皓，汉初商山的四个隐士，名东园公、绮里季、夏黄公、甪里先生。四人须眉皆白，故称四皓。高祖召之，不应，后高祖欲废太子，吕后用留侯张良计，迎四皓，使辅佐太子。一日四皓侍太子见高祖。高祖曰："羽翼成矣。"遂辍废太子之议。这是一首咏史诗，其特点是反说其事，说商山四皓扶助太子，名为安定刘家天下，实际上是促使其尽快灭亡。诗咏四皓，也给当朝统治者提出借鉴，要注意任人唯贤。

# 赤　壁<sup>①</sup>

折戟沉沙铁未销<sup>②</sup>,自将磨洗认前朝<sup>③</sup>。

东风不与周郎便<sup>④</sup>,铜雀春深锁二乔<sup>⑤</sup>。

[注释]

①赤壁:其地有多处,其一在湖北省蒲圻县长江南岸,北岸为乌林。汉末曹操追刘备之巴丘,遂至赤壁,为周瑜所破,取华容道归,即此。其二在湖北黄冈县,屹立长江滨,土石皆带黑色,名赤壁山,又名赤鼻矶或赤壁矶。其三在湖北武昌县东南,又名赤壁,亦名赤圻。杜牧所咏为黄州赤壁矶。其后苏轼作前后《赤壁赋》均此地,皆借其地以咏赤壁之战的史事。

②折戟句:谓折断的戟头沉没于泥沙之中,还没有完全销蚀。戟,古兵器,长杆头上附有月牙状利刃。

③自将句:谓我把它拿起来,磨洗干净后,认出是前代的遗物。

④东风:指火烧赤壁事。汉建安十三年(208),曹操率领十万大军南下进攻东吴,因北方军士不习水战,故以铁索将船舰连在一起。周瑜采取黄盖火攻计策,趁着猛烈的东南风,冲近曹军,同时发火,"顷之,烟焰张天,人马烧溺死者甚众"。大败曹军于赤壁。周郎:周瑜(175—210),字公瑾,三国庐江舒人。"瑜时年二十四,吴中皆呼为周郎。"与孙策同

岁,并相友善,策死,弟权继位,瑜以中护军与张昭共掌众事。赤壁之战后,拜南郡太守。后进军取蜀,至巴丘而死。

⑤铜雀:即铜雀台。汉末建安十五年(210),曹操建铜雀台、冰井、金虎三台。故址在今河北临漳县西南。铜雀台高十丈,周围殿屋一百二十间。于楼顶置大铜雀,舒翼若飞,故名铜雀台。二乔:三国时乔公的两个女儿,是东吴有名的美女。大乔嫁孙策,小乔嫁周瑜。

[点评]

武宗会昌二年(842),杜牧出为黄州刺史,四年九月,转池州刺史。黄州有赤壁矶,牧守黄州时曾游此,有感于周瑜赤壁之战事,而作此诗。诗中赤壁,并非赤壁之战时周瑜破曹操之地,只是借黄州赤壁抒怀古之意而已。这首诗表明了杜牧对赤壁之战的看法,认为周瑜的胜利是出于侥幸。如果不是东风相助,孙吴的霸业将成泡影,三国鼎立的局面就不会形成,整个历史也将重写。诗亦隐寓作者怀才不遇的情绪。全诗豪迈俊爽,峭拔劲健,最能代表杜牧绝句的特色。同时议论精辟,对宋诗影响很大。

诗的前二句是兴感之由,后二句因感慨而议论。这首诗在艺术上最成功之处是采用了背面敷粉法。诗人以为导致周瑜战争胜利的因素是东风,但他并不正面描写东风如何帮助周瑜取得胜利,而是从反面着笔,假使东风不给周瑜提供方便,击败南下的曹军,历史将会变成另一个样子。诗人只是将锋利的笔锋一转,就完全改变了战争的形势及周瑜在战争中的地位与作用。把对三国鼎立的历史形势起决定作用的赤壁大战归结为侥幸与偶然。这首诗的独到之处还在于运用了以小见大的写法。由一个小小的沉埋于沙中的"折戟",想到了历史的往事,想到了汉末分裂动乱的年代,想到了具有重大意义的战役,想到了赤壁鏖战中的重要人物。最后又以两位女子的命运暗示战争的结局。这两位女子,一是吴国前主孙策的夫人,一是吴军统帅周瑜的夫人,她们代表东吴的性命,东吴的尊严。

杜牧平生自负知兵,故这首诗中的议论也是他军事上自负之情的流露。侥幸成功的议论,又使人隐约感到他对历史上的周瑜带有一点嘲讽的意味。我们由此想到阮籍登广武城,观楚汉战场时发出的慨叹:"时无英雄,遂使竖子成名!"故杜牧自负之中,也透露出抑郁不平之气,大概就是这首诗的主旨所在。

# 兰　溪①

兰溪春尽碧泱泱②,映水兰花雨发香。

楚国大夫憔悴日,应寻此路去潇湘③。

[注释]

①诗有原注:"在蕲州西。"蕲州即今湖北蕲春县。兰溪即黄州兰溪镇,镇东有竹林磴,为箬竹山群峰之一,其处多兰,其下有溪,故称兰溪。兰溪镇在黄州南七十里。

②泱泱(yāng yāng):水面广阔。

③楚国二句:谓当年楚国三闾大夫屈原被流放憔悴的时候,应该是沿着这条道路去潇湘的。楚国大夫,即屈原。潇湘,潇水与湘水,二水在湖南省零陵县合流。

[点评]

这首诗作于会昌四年(844)暮春。时杜牧在黄州刺史任。诗有原注:"在蕲州西。"蕲州即今湖北蕲春县。兰溪即黄州兰溪镇,镇东有竹林磴,为箬竹山群峰之一,其处多兰,其下有溪,故称兰溪。兰溪镇在黄州南七十里。诗中通过兰溪景色的描写与古代所发生事情的联想,抒发自己报国无门、怀才不遇的感慨。因兰溪古属楚国,所以联想到屈原有可能由此路而去潇湘。

# 题木兰庙①

弯弓征战作男儿②,梦里曾经与画眉③。

几度思归还把酒,拂云堆上祝明妃④。

[注释]

①木兰庙:在今湖北黄冈西木兰山。

②弯弓句:谓木兰女扮男装,驰骋于沙场。

③梦里句:谓木兰只有在梦里才恢复自己女儿的本色,给自己画眉打扮。与,介词,义为给或使。

④拂云堆：唐时朔方军北接突厥，以河为界，河北岸有拂云堆神祠，突厥如有行军之事，必先往祠祭酹求福。其地在今内蒙古五原县。明妃：即王昭君。西汉元帝宫人，名嫱，南郡秭归（今湖北秭归）人，字昭君。晋人避司马昭讳，改为明君，后人又称明妃。竟宁元年（前33），匈奴呼韩邪单于入朝，求美人为阏氏，帝予昭君，以结和亲。昭君戎服乘马，提琵琶出塞。入匈奴，号宁胡阏氏。卒葬于匈奴。今内蒙古呼和浩特市南有昭君墓。

[点评]

这首诗约作于会昌四年（844），时杜牧在黄州刺史任。木兰庙在今湖北黄冈西木兰山。北朝乐府有《木兰诗》，叙述木兰女扮男装，代父从军，为国立功的事迹，杜牧这首诗就是谒庙时题壁之作，赞扬了木兰先国而后家的崇高精神。诗人通过对木兰复杂心理的模拟，并以王昭君作陪衬，揭示了木兰的忠勇精神，并透露出作者的敬慕之情。


# 登乐游原①


长空澹澹孤鸟没，万古销沉向此中②。

看取汉家何事业，五陵无树起秋风③。

[注释]

①乐游原:即乐游苑,本汉宣帝建,故址在今陕西西安市郊。原为秦宜春苑,汉宣帝神爵三年(前59)修乐游庙,因以为名。

②长空二句:谓广袤无边的长空,一只孤鸟悠然隐去,而千万年的历史也就像这孤鸟一样,消失在长空之中。澹澹(dàn dàn):广大无边。销沉:消亡,磨灭。

③看取二句:谓即使像汉王朝那样辉煌的功业,现在还剩下什么呢?只有秋风吹着连树木也荡然无存的五陵了。五陵,汉朝皇帝每立陵墓,都把四方富家豪族和外戚迁至陵墓附近居住。最著名的有五陵,即高祖长陵、惠帝安陵、景帝阳陵、武帝茂陵、昭帝平陵。这五陵是汉朝全盛的象征。后来诗文中常以五陵为豪门贵族聚居之地。

[点评]

这首诗约作于大中四年(850)。乐游原,在长安城南,地势很高,四望宽敞,京都士女多来登临游赏。杜牧登上乐游原,感慨既深刻又沉痛。

# 过勤政楼①

千秋佳节名空在②,承露丝囊世已无③。

惟有紫苔偏称意④,年年因雨上金铺⑤。

[注释]

①勤政楼:唐兴庆宫楼名。唐玄宗开元二年(714),以旧邸为兴庆宫,后于宫之西南建楼,其西题为"花萼相辉之楼",南曰"勤政务本之楼"。

②千秋佳节:即千秋节,玄宗生日。玄宗生于八月初五,开元十七年(729),源乾曜、张说等请以这一天为千秋节。天宝二年(743)改为天长节,至元和二年(807)停止举行。

③承露丝囊:唐开元十七年(729)定玄宗生日为千秋节,是日百官献承露囊,囊以丝结成。民间也仿制为节日礼品,互相遗赠。承露,意谓接受皇帝的恩惠。

④惟有句:谓只有青苔随意滋生,年年趁着雨天,爬上勤政楼的门上。紫苔,青苔。称意,得意,此指随意滋生。

⑤金铺:门上兽面形铜制环纽,口中衔环,用以装饰、启闭门户。

[点评]

　　勤政楼,即勤政务本之楼,在长安兴庆宫内。诗是由今思昔,借勤政楼的颓废而慨叹唐王朝的兴盛已一去不复返。八月初五是玄宗生日,开元十七年由宰相奏请,定为千秋节。眼下千秋节还在,承露囊已无影无踪。首尾仅仅一个世纪,变化如此之大。诗人以承露囊反映百年的盛衰变化,是以小见大之笔。末二句写眼前景。现在的勤政楼,只是一片荒凉,连宫门上的金铺都长满青苔了。更照应上半“空”字。诗虽四句二十八字,但在感慨之中蕴含着对朝政败坏的暗讽。昔年玄宗建勤政楼,口头上说要“勤政务本”,实则上在玄宗生日的千秋佳节,楼前杂陈百戏,举国欢腾,玄宗渐近晚年,也日益昏聩,以至于安禄山一反,皇帝也做不成了,还谈什么勤政务本。而今勤政楼已成废址,更可反映出此时之政治环境尚不如玄宗时。

# 题魏文贞①

蟪蛄宁与雪霜期②,贤哲难教俗士知③。

可怜贞观太平后④,天且不留封德彝⑤。

[注释]

①题一作《过魏文贞宅》。魏文贞:即魏征(580—643),字玄成,曲城人,徙家内黄(今河南内黄)。秦王李世民杀建成,引征为詹事主簿,官至谏议大夫、秘书监。遇事敢谏,前后陈谏二百余事,为太宗所畏。卒谥文贞。

②蟪蛄句：蟪蛄怎么能与霜雪相期相遇呢？蟪蛄，蝉的一种，黄绿色，翅有黑白条纹，夏末自早至暮，鸣声不息，春生夏死，夏生秋死。

③贤哲句：谓贤智之人很难被俗人理解。意谓魏征与封德彝不能相提并论。

④贞观太平：贞观时唐太宗进贤纳谏，天下太平，号称"贞观之治"。贞观，唐太宗年号，公元627年至公元649年。

⑤封德彝：名伦，以字显，太宗大臣。初仕隋，后归唐，仕至尚书右仆射。封德彝死后，太宗对大臣说："此（魏）征劝我行仁义，既效矣，惜不令封德彝见之！"

[点评]

这首诗用对比的手法，对贞观名臣魏征进行高度的赞颂。据历史记载，唐太宗即位四年，曾经慨叹隋末大乱以后，天下一定难以治理好。魏征不同意，认为："大乱之易治，譬如饥人之易食也。"又说，"贤哲之治，其应如响，期月而可，盖不其难。"当时封德彝大加反对，说魏征"书生好虚论，徒乱国家，不可听"。封德彝死后，太宗对大臣说："此（魏）征劝我行仁义，既效矣，惜不令封德彝见之！"诗即咏此事。由追怀贞观之治，反衬出当时局势之不尽如人意。

# 过华清宫绝句三首<sup>①</sup>

长安回望绣成堆,山顶千门次第开<sup>②</sup>。

一骑红尘妃子笑,无人知是荔枝来<sup>③</sup>。


新丰绿树起黄埃,数骑渔阳探使回<sup>④</sup>。

霓裳一曲千峰上,舞破中原始下来<sup>⑤</sup>。


万国笙歌醉太平,倚天楼殿月分明<sup>⑥</sup>。

云中乱拍禄山舞,风过重峦下笑声<sup>⑦</sup>。

[注释]

①华清宫:唐宫名,故址在今陕西临潼县骊山上。山有温泉。唐贞观十八年(644)置,咸亨二年(671)名温泉宫。天宝六年(747),大加扩建,更名华清宫。

②长安二句:谓回望长安,见到锦绣成堆。山顶上官门鳞次栉比,成百上千。绣即绣岭,东绣岭在骊山之右,西绣岭在骊山之左。次第,一个接着一个。

③一骑二句:谓远处一骑飞来,扬起尘土,杨贵妃会心而笑,因为只有她知道是送荔枝来了。

④新丰二句：新丰那边的绿树扬起了黄尘，是探听安禄山消息的使臣回来了。新丰，唐县名，在今陕西临潼东北新丰镇，距华清宫不远。渔阳，天宝元年(742)改蓟州为渔阳郡，在今河北蓟县、平谷一带，是当时安禄山的驻地。探使回，原注："帝使中使辅璆琳探禄山反否，璆琳受禄山金，言禄山不反。"

⑤霓裳二句：谓骊山千峰之上，还奏着《霓裳羽衣曲》，一直到中原残破，方肯罢休。这里的霓裳，指《霓裳羽衣曲》。

⑥万国二句：在全国各地到处灯红酒绿、歌舞升平的景象中，巍峨的骊山宫殿，直耸云霄，被月光照得彻夜通明。万国，当时中国是万邦朝会的大国，故称。

⑦云中二句：在这高山之巅，安禄山跳着快速的胡旋舞，宫女们乐得把拍子都打乱了；风过之处，山顶上飘下了阵阵笑声。云中，因骊山高耸入云，故称。

[点评]

　　这组诗，是杜牧过骊山华清宫时，借历史陈迹而对安史之乱这一影响唐朝命运的重大历史事件引发的思考。晚唐是内忧外患极为深重的多事之秋，当时的君主都耽于逸乐，没有远虑。杜牧在《过华清宫绝句》中，追原祸始，对荒淫误国的唐玄宗大加鞭挞，对奢侈贪婪的杨贵妃深刻讽刺，对谋反叛乱的安禄山无情痛击，目的也是给当朝皇帝如唐敬宗之流，敲响警钟。当时社会，世风败坏，统治者"大起宫室，广声色"，过着骄奢淫逸的生活，国家衰败的局势随处可见，诗人感慨深沉，故以诗借古讽今。诗人借唐玄宗、杨贵妃荒淫误国的故事，选取几个典型的场景加以艺术概括。诗虽短,却包含了极为丰富的内容,并具有风神俊爽的艺术美感。第一首尤脍炙人口。前二句描写骊山行宫,富丽深邃,后二句表现玄宗荒淫好色、贵妃恃宠而骄的主题。全诗含蓄、凝练、朴素、精深,显示了极大的艺术魅力。明人谭元春评此诗"可见可思"(《诗归》),确为知言。

关于杨贵妃吃荔枝事,唐时记载不少,而稍有歧异。唐李肇《国史补》卷中说:杨贵妃生于蜀中,喜欢吃鲜荔枝,而南海生产的荔枝,比蜀中要好得多,所以每年都要奔马飞驰以进送。又据《开元天宝遗事》记载:天宝间州贡荔枝,到长安色香不变,杨贵妃非常喜欢,唐玄宗为了让杨贵妃高兴,使州县以邮传疾送,七天七夜到达京师,以致人马僵毙,死望于道,老百姓对此感到非常痛苦。杜牧这首诗所咏的就是此事。他选取杨贵妃吃荔枝一事,与唐代的安史之乱联系起来,不仅具有盛衰之意,更表现了他对历史治乱之迹的深层思考。自从杜牧写这首诗描绘杨贵妃吃荔枝以致误国的行径以后,这个题材引起后人极大的注意。

# 春申君①

烈士思酬国士恩,春申谁与快冤魂。

三千宾客总珠履②,欲使何人杀李园③。

[注释]

①春申君:名黄歇(? —前238),战国楚人。顷襄王时,出使
于秦,止秦之攻。考烈王立,以歇为相,封春申君,赐淮北地
十二县,后改封于江东。曾救赵却秦,攻灭鲁国。相楚二十
五年,有食客三千余人,与齐孟尝君、赵平原君、魏信陵君,俱
以养士著称,后人称之为"四公子"。考烈王死,后为李园所
杀。

②三千句:指春申君门客三千余人,其上客皆蹑珠履。

③李园:李园事春申君为舍人,将其妹送于春申君,知其有身
孕,后言之楚王。楚王召入并宠幸她。不久生男,立为太子,
以李园之妹为王后。李园掌权后,想杀春申君以灭口。朱英
对春申君说:楚王崩,李园必先入……杀君以灭口。君先仕
臣为郎中,王崩,李园先入,臣请为君杀之。春申君回答:先
生置之,勿复言已。朱英恐惧而逃。后十七日,考烈王崩,李
园果然先入,置死士于棘门之内,春申君后入,死士夹刺春申
君,斩其头,投之棘门外。于是尽灭春申君之家。

[点评]

　　春申君是战国时期著名的"四公子"之一,以养士著称,但最后为李园所杀。诗即咏春申君的遭遇。诗以对比的手法对春申君的所为进行委婉的讥刺。诗言烈士一诺千金,对于知遇者有恩必报,但是春申君的冤魂有谁来安慰呢!他的门客虽有三千余人,而且待遇很高,但没有一个人出来杀掉春申君的仇人李园。无人杀李园,说明他所养的三千士中无有能者,也都不是烈士,这些人都是中看不中用之徒。

# 台城曲二首①(其一)

整整复斜斜,隋旍簇晚沙②。

门外韩擒虎③,楼头张丽华④。

谁怜容足地,却羡井中蛙⑤。

[注释]

①台城:一名苑城,本战国吴后苑城,晋成帝咸和中作新宫,名建康宫,晋宋间谓朝廷禁省为台,故号台城。故址在今江苏南京市玄武湖侧。

②整整二句:谓隋军声势浩大,战旗在傍晚时分簇拥于沙滩之上。整整、斜斜,形容战旗簇拥纷乱的样子。

③韩擒虎:原名豹,字子通,隋河南东垣人。以胆略见称,屡

立战功。开皇初为庐州总管,文帝委以平陈之任。开皇九年,大举伐陈,擒虎为先锋,以轻骑五百,直取金陵,生俘陈后主。陈平后,进位上柱国。《隋书》有传。

④张丽华:陈后主妃,以美色见宠。后主荒淫厚敛,国力衰微,隋兵入陈,与后主自投入宫内景阳井,为隋军搜出,被杀。《隋书》附《沈皇后传》。

⑤谁怜二句:谓有谁会同情他们像青蛙那样投入景阳井中去藏身呢?容足,立足。井中蛙,据《资治通鉴》卷一七七《隋纪》记载,后主与张贵妃等入井。诗以井中蛙代指陈后主与张贵妃等入井事。

[点评]

这首诗是杜牧经过台城时怀古之作,描写陈后主荒淫昏庸,以致亡国的悲剧。

# 题宣州开元寺水阁,
# 阁下宛溪夹溪居人①

六朝文物草连空②,天澹云闲今古同。

鸟去鸟来山色里,人歌人哭水声中③。

深秋帘幕千家雨④,落日楼台一笛风。

惆怅无因见范蠡,参差烟树五湖东⑤。

[注释]

①开元寺：本为宣城县中景德寺，晋时名永安寺，唐时改为开元寺。水阁，开元寺中临宛溪而建的楼阁。宛溪，源出安徽宣城东南峄山，东北流为九曲河，折而西绕城东，称宛溪。北流合句溪，又北流入当涂县境，合于青弋江，由此出芜湖入长江。开元寺就在宛溪畔。

②六朝：指建都于建康的东吴、东晋、宋、齐、梁、陈六朝。开元寺建于东晋，是六朝的遗迹，故杜牧题寺而想到六朝的灭亡。文物：具有历史与艺术价值的古代遗物。

③人歌句：谓人们世世代代就在这流水声中聚集、繁衍与生息。

④帘幕：窗帘、帷幕等室内陈设。

⑤惆怅二句：谓因无缘见到范蠡而感到惆怅，所能见到的只是太湖之东参差不齐的树影。慨叹自己不能像范蠡那样为国家建功立业。无因，无缘、无由、无法。范蠡，字少伯，春秋楚宛人。越国大夫，辅佐越王勾践刻苦图强，卒灭吴国。以勾践为人可与患难，不能共安乐，“遂乘轻舟以浮于五湖，莫知其所终极”。参差，不齐的样子。五湖，古今说法不一，一以太湖为五湖，二以太湖附近四湖（漏湖、洮湖、射湖、贵湖）为五湖。本诗之五湖指太湖。

[点评]

这首诗作于开成三年（838）秋。杜牧在开元寺水阁登临凭眺，想到此地曾经有过六朝繁华，如今只见连天的秋草，古今千年，同样是天澹云闲，但人世已经历过多少沧桑！当此风物长存而繁华不再之时,不由想起功成身退、泛舟五湖的范蠡。诗即景抒情,熔写景与怀古于一炉,并赋予深邃的人生哲理,涵容极大,且俊爽明快,是不可多得的佳作。诗以古今盛衰的变迁与宇宙的永恒不变对比,引发深沉的感慨。六朝的繁华胜迹,早已不在,而眼前只有绿草连空,但天澹云闲,则古今一直如此;鸟去鸟来,人歌人哭,突出了世上瞬息变化的生活,而山色水声则暗示自然永恒不变的秩序。

# 题武关①

碧溪留我武关东②,一笑怀王迹自穷③。

郑袖娇娆酎似醉④,屈原憔悴去如蓬⑤。

山墙谷堑依然在⑥,弱吐强吞尽已空⑦。

今日圣神家四海⑧,戍旗长卷夕阳中⑨。

[注释]

①武关:在陕西省商南县西北。战国时秦之南关。楚怀王三十年(前299),秦昭王下书楚王,约会于武关,即此。

②碧溪:指商洛水。

③怀王:楚怀王(? —前296),战国楚王,名槐。信任靳尚及幸姬郑袖,疏远屈原,国政腐败,先后为秦、齐所败,又听张仪计,轻信秦昭王之约,不听屈原劝阻,径往武关,入朝于秦,被

留,三年后死于秦国。

④郑袖句:谓怀王宠爱郑袖,为其美色所惑。郑袖,战国楚怀王后,号称南后。能歌善舞,宠冠后宫。张仪为秦使楚,怀王以仪离间齐楚好,欲杀之,仪因与怀王幸臣靳尚合谋,使郑袖日夜说怀王,释张仪,亲秦绝齐。楚卒因孤立,为秦所灭。娇娆,妩媚的姿态。

⑤屈原句:谓楚怀王疏远屈原,终使流落沅湘。蓬,蓬草。此以蓬草之随风飘转比喻屈原被放逐江南。

⑥山墙谷堑:谓武关地势险要,有群山环绕,溪谷深如壕沟。

⑦弱吐强吞:弱者被强者所并吞。

⑧圣神:指皇帝英明神圣。家四海:谓四海一家,天下一统。

⑨戍旗:边防区域营垒、城堡上的旌旗。

[点评]

这首诗作于开成四年(839)春,时杜牧由宣州赴京取道长江、汉水入京途经武关。武关,在今陕西省商南县西北。战国时楚怀王听信郑袖谗言疏远屈原,以致为秦王欺骗而入武关,秦绝其后,以求割地,最后怀王竟死于秦。诗咏其事。诗人感慨地说:"山墙谷堑依然在,弱吐强吞尽已空。"尽管今日四海平定之时,也应吸取教训。诗虽咏史,意在为当朝皇帝提供借鉴。

# 题青云馆①

虬蟠千仞剧羊肠②,天府由来百二强③。

四皓有芝轻汉祖④,张仪无地与怀王⑤。

云连帐影萝阴合⑥,枕绕泉声客梦凉⑦。

深处会容高尚者,水苗三顷百株桑⑧。

[注释]

①青云馆:在商州商洛县南。

②虬蟠句:谓千山万仞像虬龙一样盘曲相纠,山间道路比羊肠还要复杂。虬蟠,像龙蛇一样盘曲相纠。羊肠,喻指崎岖曲折的山间道路。

③天府句:谓自古以来是形胜之地,其地险要,两万人足以抵挡百万。天府,指肥沃、险要、物产富饶的地区。

④四皓句:谓四皓退隐商山,有紫芝疗饥,连汉高祖都不放在眼里。

⑤张仪句:谓张仪并没有把商于之地给予楚怀王。张仪,战国魏人。相秦惠王,以连横之策说六国,使六国背纵约而共同事秦。

⑥云连句:谓云烟连绵,如同帷帐一般,薜萝阴深丛集。

⑦枕绕句:谓泉声萦绕枕边,客梦之中犹带凉意。

⑧深处二句:谓在山峦深处,应该容纳像四皓那样的高士,他

们在那里种植三顷水田、百株桑树,过着优游林下的生活。高尚者,谓像商山四皓那样的高士。水苗,即稻种。

[点评]

　　这首诗作于开成四年(839),时杜牧由宣州赴京途经青云馆。

# 过骊山作<sup>①</sup>

始皇东游出周鼎<sup>②</sup>,刘项纵观皆引颈<sup>③</sup>。

削平天下实辛勤<sup>④</sup>,却为道旁穷百姓<sup>⑤</sup>。

黔首不愚尔亦愚<sup>⑥</sup>,千里函关囚独夫<sup>⑦</sup>。

牧童火入九泉底,烧着灰时犹未枯<sup>⑧</sup>。

[注释]

①骊山:在今陕西省临潼县东南,距西安七十余里,秦始皇的陵墓就坐落在此处。

②始皇句:谓秦始皇统一六国后,曾五次巡游,目的是要找出失落的周鼎。始皇东行郡县,过彭城,想从泗水中捞出周鼎,使千人潜水寻求,没有找到。因为周鼎是周朝的传国重器,共九个,是天子权力的象征。

③刘项句:谓刘邦、项羽对秦始皇出巡皆探头观望。刘邦微

时,曾在咸阳纵观秦始皇帝出巡,叹息说:"嗟乎!大丈夫当如此也!"始皇出巡会稽,渡浙江,项羽与叔父项梁一起观看,项羽说:"彼可取而代也。"此诗前二句就是述说此事。引颈,探头观望。

④削平句:谓秦始皇为了统一天下,实在勤苦经营。秦为了统一天下,从献公、孝公开始蚕食诸侯,到始皇统一六国,辛辛苦苦,用了一百多年时间,故司马迁慨叹说:"盖一统若斯之难也!"

⑤却为句:谓秦辛辛苦苦统一天下,最后却让穷百姓起家的刘邦得利。秦朝建立后,仅十五年,就被农民起义推翻。天下被布衣起家的刘邦所夺取。故称"却为道旁穷百姓"。

⑥黔首句:谓秦始皇的愚民政策并没有使老百姓愚昧,只是愚了自己。黔首,老百姓,因为秦时"更名民曰黔首"。始皇统一中国后"焚百家之言,以愚黔首"。他采用"焚书坑儒"的残酷行径,以实施他的愚民政策,干的愚蠢事越来越多。

⑦千里句:谓秦始皇最后落得独夫的下场。始皇统一六国后,认为函谷关天险可作凭借,稳坐于关中千里之地,以至于子孙万世,传之无穷。然而,这一天险牢牢地锁住了秦始皇这一残酷暴虐、众叛亲离、无人依附、堪称"独夫"的君主。函关,即函谷关,在今河南省灵宝市西南。独夫,指众叛亲离、无人拥护的君主。

⑧牧童二句:谓牧童一把火烧到了地底,把秦始皇的尸体烧成灰烬时,尸骨还没有朽烂。以此说明灭亡之速。有一牧童丢了羊,羊进入了墓穴,牧童拿着火把照亮墓穴以找羊,失火烧掉了棺椁。以至于刘向感叹说:"自古及今,葬未有盛如始皇者也。数年之间,外被项籍之灾,内离牧竖之祸,岂不哀哉!"

[点评]

　　这首诗是杜牧路过骊山秦始皇墓时有感而作。骊山在今陕西省临潼县东南,距西安七十余里,秦始皇的陵墓就坐落在此处。南倚骊山,北临渭水,景色秀丽,气势雄伟。据《史记·秦始皇本纪》记载,墓中藏满奇珍异宝,并以水银灌注为百川江河大海,以宝石珍珠镶嵌成日月星辰。上具天文,下具地理,以人鱼膏为烛,点燃后长久不灭。确实是极为豪华而又坚固的地下宫殿。秦始皇下葬后,秦二世为了"防泄大事",把筑墓工匠全部埋在墓道之中;宫中凡未生育的宫女,全部殉葬。杜牧这首诗,主要评说秦始皇的是非功过。通过对秦始皇荒淫奢侈生活的描写,借古讽今,对唐朝统治者提出警告。与杜牧其他诗相比,末二句显得太刻露、苛酷,应当是少年气盛时的作品。历史昭示后人:愚民政策只能导致自己的灭亡,而人民是不可抗拒的。

# 西江怀古①

上吞巴汉控潇湘②,怒似连山净镜光③。

魏帝缝囊真戏剧④,苻坚投筝更荒唐⑤。

千秋钓舸歌明月,万里沙鸥弄夕阳。

范蠡清尘何寂寞,好风惟属往来商⑥。

[注释]

①西江:应指历阳乌江附近的长江。

②上吞句:谓西江气势浩瀚,上游侵吞巴江、汉水,控扼潇湘。巴汉,巴江与汉水,长江两条重要支流。潇湘,潇水和湘水,至零陵北合流,谓之潇湘。经衡阳,抵长沙,入洞庭。

③怒似句:谓西江波涛汹涌的时候,有如连绵起伏的山峦,平静的时候,又如一面明镜。

④魏帝句:谓魏武帝曹操想用布囊盛沙以堵塞江流,简直是在做戏。

⑤苻坚句:谓苻坚夸称投鞭于江,足断其流,更是荒唐之举。

⑥范蠡二句:谓范蠡那种清静的境界是何等的寂寞,西江之上所见的只有来来往往的商人。范蠡,字少伯,春秋楚人。仕越为大夫,辅佐越王勾践刻苦图强,卒灭吴国。以勾践为人可与同患难,不能共安乐,去越,浮海入齐,变姓名,自称鸱夷子皮。后到陶,称朱公,经商致富。十九年中,资产三致千金,皆分给贫交与远亲。清尘,清静无为的境界。

[点评]

　　这首诗疑为杜牧开成四年(839)春赴京途中经过西江怀古之作。西江,应指历阳乌江附近的长江。本诗重点在怀范蠡。慨叹世无范蠡,可惜江上好风,总吹财奴。诗人从江上放开眼界,横看"万里",竖看"千秋",气魄宏伟。五、六两句,写景极佳。

山水风景

霜叶红于二月花

# 江 楼

独酌芳春酒,江楼已半醺。

谁惊一行雁,冲断过江云。

[点评]

　　诗写江楼之景,比喻孤客飘零的情怀。诗人在江楼独酌,酒已半醺之际,突然见到一行归雁,正冲破江上的云层向北飞去。诗到此戛然而止,颇能引人思索。盖杜牧见到归雁,触动乡心无限。对此归雁,他人不注意,而杜牧却倾注于深情。此诗因雁写怀,有寥落之思。

# 宣州开元寺南楼①

小楼才受一床横·终日看山酒满倾②。

可惜和风夜来雨③,醉中虚度打窗声。

[注释]

①开元寺:本为宣城县中景德寺,晋时名永安寺,唐时改为开

元寺。

②小楼二句:谓小楼只能放下一张床,但我整天在这里把酒看山,自得其乐。

③和:连同,伴随。

[点评]

　　杜牧开成三年(838)为宣州观察判官,登上开元寺南楼时作此诗。前二句写白天,后二句写夜晚。南楼虽小,却别有洞天,由此处看山,更觉闲逸,加以"酒满倾",情更独专,大有李白"相看两不厌,惟有敬亭山"之情境。夜晚风吹山雨,敲打着小楼的窗户,发出音乐般的声音,颇有诗意,可惜诗人喝醉了,不能尽情欣赏。这小小的遗憾却更增加了诗的韵味。

# 题元处士高亭①

水接西江天外声②,小斋松影拂云平。

何人教我吹长笛③,与倚春风弄月明④。

[注释]

①原注:"宣州。"元处士:名未详。杜牧另有《赠宣州元处士》,许浑有《题宣州元处士幽居》等诗,当即其人。

②西江:宣州之西的青弋江。

③长笛：一种乐器。汉武帝时，因羌人之制，截竹为之，名羌笛，本为四孔，其后京房于后加一孔，以备五音，谓之长笛。
④弄月明：赏玩明月。

[点评]

这首诗作于开成三年（838）。通过明月春风、江声松影等优美景色的描写，表现宾主二人融合无间的亲密友情。


# 题水西寺①


三日去还住，一生焉再游。

含情碧溪水，重上粲公楼②。

[注释]

①水西寺：在宣州泾溪旁。
②粲公楼：指水西寺楼。粲公，隋时高僧，慧可的弟子，为禅宗三祖。

[点评]

杜牧这首诗是开成中为宣州幕吏时作。首二句说欲去还留，恐胜赏之不再。后二句进一步申述，谓碧溪之水为我含情，故我登临吟眺，余兴未尽，乃更登高楼。到此补足留恋之意。

# 齐安郡后池绝句①

菱透浮萍绿锦池②,夏莺千啭弄蔷薇③。

尽日无人看微雨,鸳鸯相对浴红衣④。

[注释]

①齐安郡:即黄州,故址在今湖北黄冈西北。唐文人习惯称州为郡,刺史为太守,故此处言齐安郡。

②菱透句:谓菱叶从浮萍间冒出来,使美丽的池塘呈现一片绿色。菱,一年生水生草本植物,果实有硬壳,四角或两角,俗称菱角。

③夏莺句:谓夏莺在蔷薇枝上婉转啼叫。莺,鸟名,鸣声清脆悦耳。

④鸳鸯:鸟名,体小于鸭,羽色绚丽,雌雄偶居不离,故常以之比喻夫妇。红衣:指鸳鸯红色的羽毛。

[点评]

这首诗约作于会昌三年(843)夏,时杜牧为黄州刺史。诗写夏日之景,优美清新,是写景的佳作。"尽日无人看微雨,鸳鸯相对浴红衣",以动衬静,写出了后池的幽深和寂静,作者对此独注情感,其百无聊赖之情可以想见。全诗含蓄凝练,情景交融,宛如一幅风景画。

# 齐安郡中偶题二首

两竿落日溪桥上,半缕轻烟柳影中。

多少绿荷相倚恨,一时回首背西风。


秋声无不搅离心,梦泽蒹葭楚雨深①。

自滴阶前大梧叶,干君何事动哀吟②。

[注释]

①梦泽:即云梦泽,古大泽名,面积广数百里,跨长江南北。蒹葭(jiān jiā):蒹,荻;葭,芦苇。楚:古国名,指湖南、湖北一带。黄州古属楚国,故称。

②干:关涉。

[点评]

　　这组诗约作于会昌三年(843)秋,时杜牧为黄州刺史。这两首诗都是即景抒情之作。第一首写黄州初秋暮景,第二首写雨景。所表现的是淡淡的哀吟。因为杜牧任黄州刺史,是受李德裕的排挤,所以在黄州的心情很不好,他便将这种情绪融注于所描写的草木之中。

# 入茶山下题水口草市绝句<sup>①</sup>

倚溪侵岭多高树<sup>②</sup>,夸酒书旗有小楼。

惊起鸳鸯岂无恨,一双飞去却回头<sup>③</sup>。

[注释]

①茶山:即湖州顾渚山,以产茶著名。水口:镇名,在顾渚,唐置茶贡院于此。大中五年(850)杜牧即在这里督茶。现为长兴县水口乡驻地。草市:城外的市集。
②溪:指箬溪,在长兴县东。岭:指顾渚山。
③惊起二句:谓酒旗飘拂,把鸳鸯惊飞了,一边飞还一边回头,似有无限的怨恨。

[点评]

这首诗作于大中五年(851),时杜牧为湖州刺史。茶山即湖州顾渚山,以产茶著名。唐茶品虽多,只有湖州紫笋入贡。紫笋生于顾渚山,在湖、常二郡之间。当采茶时,两郡守毕至,最为盛会。这首诗就是杜牧督茶时,游水口草市而作。诗写茶山水口草市之景。尤其是后二句,通过鸳鸯被惊起远飞却又回头顾盼的描写,从侧面表现了茶山的优美与诗人的留恋之情,颇耐讽咏。

# 寄　远

前山极远碧云合①,清夜一声白雪微②。

欲寄相思千里月,溪边残照雨霏霏③。

[注释]

①碧云合:江淹《休上人怨别》:"日暮碧云合,佳人殊未来。"
杜牧化用其意。
②白雪:古曲调名。
③霏霏:雨雪纷飞的样子。

[点评]

　　这首诗前二句写景,前面的山峰已被云彩遮没了,在清
幽的夜晚,隐约传来美妙的音乐,高雅动听,引人入胜。后二
句是想借明月以寄相思之情,可是当落日一照时又下起了霏
霏细雨。全诗在清新俊爽之中透露出淡淡的哀愁,颇有韵
味。

# 山　行

远上寒山石径斜，白云生处有人家。

停车坐爱枫林晚<sup>①</sup>，霜叶红于二月花。

[注释]

①坐：因为，由于。

[点评]

　　这是一首写景佳作，笔墨洗练，色彩鲜明，语言简洁，情景逼真。杜牧观察秋景，独赏枫叶之艳，谓红于二月春花，突出地表现了秋天富有生命力的一面，给人以一派生机。杜牧的绝句就是善于在俊爽清丽的语句中给人以豪爽明朗的悠扬情韵，也凝聚着作者热爱自然、热爱生活的美好感情。此诗色彩鲜艳，感情激越。后二句更是千古流传的佳句。

# 题扬州禅智寺①

雨过一蝉噪②,飘萧松桂秋③。

青苔满阶砌④,白鸟故迟留⑤。

暮霭生深树⑥,斜阳下小楼。

谁知竹西路⑦,歌吹是扬州⑧?

[注释]

①禅智寺:又名上方寺、竹西寺,在扬州城东十五里。本隋炀帝故官,后建寺。

②蝉噪:指秋蝉鸣叫。

③飘萧:飘摇萧瑟。

④阶砌:台阶。

⑤故:故意。迟留:徘徊而不愿离去。

⑥暮霭:黄昏的云气。

⑦竹西路:指禅智寺前官河北岸的道路。

⑧歌吹:歌声和乐声。

[点评]

这首诗是杜牧开成二年(837)在扬州时作。禅智寺,在扬州城东十五里,本隋炀帝故宫,后建为寺。其时杜牧的弟弟杜颛患眼病,居于禅智寺,杜牧也告假赴扬州视弟,大概与其弟同居寺中,诗即题寺之作。诗的前六句,写静,是实写,表现出寺庙的清寂幽深。后二句,写动,是虚写,是以动衬静之笔,通过作者的联想与前六句进行对比。这样写的妙处在于,它唤起了读者心田中歌吹繁华的扬州的联想,把它来与现实的禅智寺作比较,相形之下,便突出了禅智寺的幽静。然而作者这样的对比手法,并没有直接搬出歌吹繁华的扬州来描写一番,而是寄托在一种虚写的联想之上,使读者觉得别有一种韵味,也省去了许多笔墨,显得更为简净。杜牧写扬州诗较多,而各有其特色。

# 村　行

春半南阳西<sup>①</sup>,柔桑过村坞<sup>②</sup>。

娉娉垂柳风<sup>③</sup>,点点回塘雨<sup>④</sup>。

蓑唱牧牛儿<sup>⑤</sup>,篱窥茜裙女<sup>⑥</sup>。

半湿解征衫<sup>⑦</sup>,主人馈鸡黍<sup>⑧</sup>。

[注释]

①春半:阴历二月。南阳:今河南省南阳市。

②村坞:村庄。

③娉娉(pīng pīng):姿态美好的样子。

④回塘:曲折的池塘。

⑤蓑:草制的雨衣。

⑥茜裙:用茜草制作的红色染料印染的裙子。茜,茜草,多年生植物,根红色,可作染料。

⑦征衫:行途中所穿的衣服。

⑧馈鸡黍:用鸡黍来招待客人。

[点评]

　　这首诗作于开成四年(839)春。杜牧由宣州赴官入京,行经南阳时,道中遇雨,就向道旁农家避雨,主人准备饭食殷勤地招待他,他就作了这首诗。首联开门见山,直写道经南阳,次联描写农村秀丽的景色,三联描写农村儿女的生活,尾联写主人的热情招待。本诗虽全用白描,但洋溢着对农村生活风光的热爱与对农家真情的感激。


# 旅　宿


旅宿无良伴,凝情自悄然①。

寒灯思旧事,断雁警愁眠。

远梦归侵晓,家书到隔年。

湘江好烟月②,门系钓鱼船。

[注释]

①悄然:寂静的样子。

②湘江：长江的支流之一，位于湖南省境内。

[点评]

这首诗没有收入杜牧的《樊川文集》，仅载于别集。是否确为杜牧所作，后人颇加怀疑。但传诵已久，《唐诗三百首》都加以选录，故本书亦选入。首二句开门见山，"无良伴"言旅宿之孤独，"自悄然"言旅馆之寂静。着"凝情"二字，神态自出。此时之情怀，盖有孤独、寂寞、苦闷、忧虑、感伤等。中四句是写独对寒灯而思念家国之状。对寒灯之影，听断肠之雁，忆远梦之殷，思家书之切，都透露出当时独居旅馆的况味。最后二句以别人门泊渔船，占尽湘江好景，与自己的独在异乡为异客形成鲜明的对比，益增思乡之情。

# 池州弄水亭①

清溪望处思悠悠②，不独今人古亦愁。

借尔碧波明似镜，照予白发萤如鸥③。

江山自美骚人宅④，铙鼓长催过客舟⑤。

维有角声吹不断，斜阳横起九峰楼⑥。

[注释]

①弄水亭：在池州贵池县通远门外，唐代杜牧建。

②清溪:即池州城中的溪流,是当时名胜,杜牧于溪旁建清溪亭。

③莹如鸥:白发如同鸥鸟之色。莹,指白发的光亮。

④江山句:谓江山自然美丽,故常有骚人墨客建宅于此。骚人,指诗人。自《离骚》以降,作诗者多仿效之,故称骚人为诗人。

⑤铙鼓句:谓亭上的乐声不断催动着行人出发。过客,过路的客人,旅客。铙(náo)鼓,乐器,鼓之一种。

⑥九峰楼:池州的名胜之一。一名九华楼。

[点评]

这首诗作于会昌六年(846),时杜牧为池州刺史。按此为杜牧佚诗,今传本《樊川文集》《外集》《别集》等均不载,《全唐诗》及《全唐诗补编》等亦未辑入。这首诗是杜牧写景抒情诗的佳作。诗人漫游于池州弄水亭上,思绪却飞向遥远的过去,引发万古之愁情。想到自己老大无成,更生惆怅之感。故清澄如镜的清溪水,照着莹白如鸥的白发,不禁流露出人生如过客的感慨。江山美景,不能改变骚人的命运,悲夫,叹乎! 远处的角声,并不能振作骚人的心绪,只有楼前的斜阳与作者一同打发寂寞的时光。

# 街西长句①

碧池新涨浴娇鸦②,分锁长安富贵家。

游骑偶同人斗酒,名园相倚杏交花。

银鞦骎袅嘶宛马,绣鞅璁珑走钿车③。

一曲将军何处曲④,连云芳树日初斜。

[注释]

①街西:指长安西街。

②碧池句:清钱谦益、何焯《唐诗鼓吹评注》卷六:"杜牧《阿房宫赋》云:'渭流涨腻,弃脂水也。'与此意同。"

③银鞦二句:谓街西大道上跑着大宛马所驾的车。鞦,络于牛马股后的车带。骎袅(yǎo niǎo),良马名。宛马,大宛国所产之马。鞅,套在马颈用以负轭的皮带。璁(cōng)珑,明洁的样子。

④一曲句:用晋代桓伊的典故。据《晋书·桓伊传》:"进号右军将军。……王徽之赴召京师,泊舟青溪侧。素不与徽之相识。伊于岸上过,船中客称伊小字曰:'此桓野王也。'徽之便令人谓伊曰:'闻君善吹笛,试为我一奏。'伊是时已显贵,素闻徽之名,便下车踞胡床,为作三调,弄毕,便上车去,客主不交一言。"

## [点评]

　　清钱谦益、何焯《唐诗鼓吹评注》卷六:"此言长安街西,碧池绿水初涨,可浴娇鸦,而此水分流,则襟带于长安富贵之家已,于是游客来过而斗酒,名园相倚而交花,而侯王之辈,亦且乘宛马走钿车也。此可见街西人物之繁华矣。乃当芳树连云,斜阳欲坠,忽不知笛声何自而来,悠悠情事,此时当复何如哉!"

# 柳长句

日落水流西复东,春光不尽柳何穷。

巫娥庙里低含雨①,宋玉宅前斜带风②。

莫将榆荚共争翠③,深感杏花相映红。

灞上汉南千万树④,几人游宦别离中⑤。

## [注释]

①巫娥:即巫山神女。战国楚宋玉《高唐赋》记楚襄王游云梦台馆,望高唐宫观,言先王与巫山神女相会,神女辞别时说:"妾在巫山之阳,高丘之阻。旦为朝云,暮为行雨。朝朝暮暮,阳台之下。"后人附会,为之立庙。

②宋玉:战国楚人。曾为楚顷襄王大夫。作赋十六篇,现存

《神女赋》等六篇。

③榆荚：榆树的果实。榆树未生叶前先生荚，形似钱而小，连缀成串，也称榆钱。

④灞上：灞水之上。灞水为渭河支流，为关中八川之一，在陕西中部。灞是水上地名。汉南：汉水之南。汉水，为长江最大支流。

⑤游宦：异乡为官，迁转不定。

[点评]

　　清钱谦益、何焯《唐诗鼓吹评注》卷六："此言日落更生，水流复返，见春光无尽，而柳亦一年一荣，何有穷时也。夫以此柳含雨，垂垂低拂于巫娥之庙，带风袅袅，斜临于宋玉之门，此因人胜而物亦胜矣。若夫榆荚不能与之并美，杏花斯可与之争妍，古人折柳相赠以志相思，灞上汉南，皆送别之地，而柳植此至多。凡有游宦者，皆将自此而生别离之感也。此身为仕宦，故举游宦以概别离，其他征夫游子，怨女思归，对此生情者，又何不可哉！"

感慨抒怀

# 啸志歌怀亦自如

# 题敬爱寺楼<sup>①</sup>

暮景千山雪,春寒百尺楼。

独登还独下,谁会我悠悠<sup>②</sup>。

[注释]

①敬爱寺:在洛阳怀仁坊。
②会:懂得,理解。悠悠:情思绵长之意。

[点评]

　　这首诗作于开成元年(836)春。诗人冒着春寒,登上敬爱寺百尺高楼,欣赏着黄昏时千山雪色,由此而发出感慨。独自上去,又独自下来,心中千头万绪,谁能理解?诗人大和九年(835)在长安为监察御史,其时郑注专权,好友李甘因直言得罪郑注被贬死,杜牧见此情形,就于当年七月移疾分司东都。此诗即表现他在洛阳时苦闷寂寞的心绪。

# 及第后寄长安故人

东都放榜未花开①,三十三人走马回②。

秦地少年多酿酒③,却将春色入关来④。

[注释]

①东都句:谓东都放榜的时候,正值早春时节,花还未开。

②三十三人句:谓同科进士共三十三人,一起骑马回到长安去。杜牧同科进士,现在可知者尚有韦筹、厉玄、锺辂、崔黯、郑薰等。

③秦地句:谓长安的少年,你们要多多酿制美酒。秦地,陕西一带,古秦国之地,此指京都长安。

④却将句:谓我们三十三人就要把春色带到关中来了。却将,即将。春色,语意双关,一指自然界的春色,因为时在二月;一指进士及第的喜讯如同春色。关,函谷关,在今河南省灵宝市。这里双关吏部的"关试"。

[点评]

本诗作于大和二年(828),时杜牧二十六岁。本年进士考试在东都洛阳举行,放榜后要到西都长安过堂。诗为杜牧进士及第后将赴长安时作,表现了进士及第后春风得意的心情。按唐制,进士考试一般在京城长安举行,正月开考,举子

要在前一年年底前抵京,至二月放榜。本年在东都洛阳举
行,是变例。未花开,系双关语,一是指二月放榜,其时正是
春花未开的时节;按唐制,进士及第之人,还须经过吏部考试
之后,方能释褐入仕。吏部之试称为"关试",又叫"过堂"。
杜牧还没有过关试,所以说"未花开"。本年关试设在长安,
因而杜牧及第后随即就要奔赴长安。

# 赠终南兰若僧

家在城南杜曲旁②,两枝仙桂一时芳③。

禅师都未知名姓④,始觉空门意味长⑤。

[注释]

①终南:山名,秦岭山峰之一,在长安城南,即今陕西西安市
南。兰若,梵语"阿兰若"的省称,即寺庙。

②城南:即长安城南。杜曲,地名,在长安城南,因杜氏世居
于此,故称。

③两枝句:谓自己在一年之中,既进士及第,又制策登科,同
时折取了两枝芬芳的仙桂。仙桂,比喻科举及第。

④禅师:和尚的尊称。一本作"休公"。

⑤空门:泛指佛门。大乘佛教以空为极致,以观空为入门,故
称佛门为空门。

[点评]

　　这首诗作于唐文宗大和二年（828）。据唐孟棨《本事诗·高逸》记载：杜牧弱冠成名，当年又制策登科，名震京邑。曾经与一二同年城南游览，至文公寺，见到一位禅僧拥褐独坐，与之语，其玄言妙旨，咸出意表。问杜姓字，都一一回答。又问："修何业？"旁边的人以累捷夸奖杜牧。禅僧回头笑着说："皆不知也。"杜牧对此感叹惊讶，因而写了这首诗相赠。杜牧大和二年二月在洛阳进士及第，三月又中制举贤良方正能直言极谏科，授弘文馆校书郎。这在当时是名动京师的事。杜牧这首诗主要表现的是少年得意的情怀，他一年两中，确实难能可贵。自豪感在叹讶中自然地流露出来。诗中妙处更在于以人事的纷扰与禅门的空寂进行对比，但禅僧不问世事，对轰动京城中事一概不知。"始觉空门意味长"，透露了杜牧对于空门不以为意之意，从侧面反映出他少年时代积极用世的精神。

# 将赴吴兴登乐游原一绝<sup>①</sup>

清时有味是无能<sup>②</sup>,闲爱孤云静爱僧<sup>③</sup>。

欲把一麾江海去<sup>④</sup>,乐游原上望昭陵<sup>⑤</sup>。

[注释]

①吴兴:今浙江湖州。乐游原:即乐游苑,本汉宣帝建,故址在今陕西西安市郊。原为秦宜春苑,汉宣帝神爵三年(前59)修乐游庙,因以为名。

②清时句:谓身当清平之世,本该大有作为,而自己却独自闲游,觉得有闲静之趣,可见实在是无能。此句为愤激之词,含有无法施展才能之意。有味,有闲静的趣味。

③闲爱句:安闲的时候喜欢赏玩孤云,静处的时候喜欢和僧人来往。

④欲把句:谓自己将要手执旌麾,到湖州去任刺史了。江海,指吴兴,因地邻太湖,又近东海,故称。

⑤乐游句:谓出守前登上乐游原,远望昭陵,仍有依依不舍之意。昭陵,唐太宗的陵墓,在陕西醴泉县东北九嵕山。旧有李世民所乘六骏石刻。

[点评]

这首诗作于大中四年(850)秋。杜牧本年由吏部员外郎出为湖州刺史,将赴任时,登乐游原,遥望昭陵,追怀贞观之治。他即将离京,想到自己宜致身治国,故颇有魏阙之思。但又不足为世用,故只有一麾南去,任其宦海浮沉。这首诗是晚唐社会士人矛盾心理的典型反映。

杜牧对晚唐政局有所不满,才向往唐太宗的贞观之治,并望昭陵以致其意。这首诗暗用典故而不见斧凿之痕,足见作者匠心之高妙。

# 和严恽秀才落花

共惜流年留不得,且环流水醉流杯。

无情红艳年年盛,只恨凋零不恨开。

[点评]

这首诗作于大中五年(851)。严恽,字子重,吴兴(今浙江湖州)人。严恽的诗,以落花兴感,表现出对于时光流逝的感伤。杜牧的诗境界更高一层。以落花的无情,反衬出有情人对于时光的珍惜。但无情红艳,年年如此,而人生短暂,只有及时行乐,"且环流水醉流杯"而已。晚年的心境,于此淋漓尽致地表现出来。

# 题禅院

觥船一棹百分空，十岁青春不负公<sup>①</sup>。

今日鬓丝禅榻畔<sup>②</sup>，茶烟轻飏落花风<sup>③</sup>。

[注释]

①觥船二句：谓在开怀畅饮中度过十岁青春。觥船，船形的
大酒杯。棹，船桨。

②鬓丝：谓鬓发已花白。

③飏：飘。

[点评]

题一作《醉后题僧院》。写杜牧恬淡闲适之致，当是晚
年所作。诗谓十载以来，芳时买醉，未尝辜负时光。今日身
当禅床之上，见风吹花落，茶烟轻扬，饮此一杯，以消酒渴，亦
谓清福。诗情旷达，境界清幽。

# 汴河阻冻①

千里长河初冻时,玉珂瑶佩响参差②。

浮生恰似冰底水,日夜东流人不知③。

[注释]

①汴河:唐宋时人们称通济渠为汴河,今汴河故道由河南省郑州、开封,流经江苏合泗水入淮河。

②玉珂句:谓结冰的汴河如同玉珂环佩,响声不断。玉珂,马勒,以贝饰之,色白似玉,振动则有声。瑶佩,妇女的装饰品。参差,不齐的样子,此指水流声或大或小。

③浮生二句:通过新奇的比喻,说人生岁月就好像冰下的河水一样,日夜在不停地流逝,但人们毫无知觉。此二句是对汴河冬景的描写,联想到人生的短暂,颇具哲理意味。

[点评]

大运河的汴水一段称为汴河。这首诗通过汴河冬景的描写,寄寓了人世沧桑的感慨。大概是杜牧晚年所作。诗的后二句是既新奇又恰当的比喻,说人生的岁月就好像冰下的河水一样,日夜都在不停地流逝,但人们毫不知觉。故此诗情调虽感伤,但并不颓废。

# 送隐者一绝

无媒径路草萧萧①,自古云林远市朝②。

公道世间惟白发,贵人头上不曾饶。

[注释]

①萧萧:摇动的样子。

②市朝:市,交易买卖的场所;朝,官府治事的处所。市朝,指争名争利的场所。

[点评]

这首诗是杜牧送隐者时所发的感慨,是说世间最公平合理的只有白发,因为在贵人头上也不放过,除此之外,就没有公道可言。诗从侧面对社会不合理现象加以抨击。

# 书　怀

满眼青山未得过,镜中无那鬓丝何<sup>①</sup>。

祗言旋老转无事,欲到中年事更多。

[注释]

①无那:无奈,没办法。

[点评]

　　这首诗一方面抒发了作者对韶光易逝的感伤,也表现了人到中年,面对各种事务而无所适从的惆怅心情。诗将中年人普遍经历但又不易说出的感受惟妙惟肖地表现出来。

# 洛阳长句二首①

草色人心相与闲，是非名利有无间②。

桥横落照虹堪画，树锁千门鸟自还③。

芝盖不来云杳杳④，仙舟何处水潺潺⑤。

君王谦让泥金事，苍翠空高万岁山⑥。


天汉东穿白玉京，日华浮动翠光生⑦。

桥边游女佩环委，波底上阳金碧明⑧。

月锁名园孤鹤唳，川酣秋梦凿龙声⑨。

连昌绣岭行宫在，玉辇何时父老迎⑩。

[注释]

①长句：本指七言古诗，后兼指七言律诗。

②草色二句：是说自己的心情跟眼前的秋草一样闲暇，对于
是非名利，都无所牵挂。相与，一起，共同。有无间，若有若
无之间。

③桥横二句：谓洛阳的桥梁映着夕阳，犹如绚丽的长虹，似乎
可以入画；千门万户，深锁在绿树丛中，飞鸟自由地来去。二
句以落照映衬洛阳的荒凉，以鸟自还状景象之冷清。

④芝盖句：谓王子乔的仙驾一去不返,杳无音信。芝盖,车
盖,因形如灵芝,故称。此代指仙人王子乔。云杳杳,谓云际
无影无息。据《列仙传》卷上载,王子乔是周灵王的太子,名
晋,好吹笙,能作凤鸣,常游于伊、洛之间,后上嵩山修炼多
年,于缑氏山巅乘白鹤仙去。

⑤仙舟句：谓李膺、郭泰那样的人物,现在也不知在何处泛
舟。仙舟,指李膺、郭泰事,他们都是东汉的名士。此与上句
写洛阳人事的零落。

⑥君王二句：谓君王不再巡幸东都,苍莽高峻的万岁山只好
徒然地等待。泥金事,指君王举行封禅的典礼。泥金,古代
帝王行封禅礼时所用的玉牒有玉检、石检,检用金缕缠住,用
水银和金屑泥封。唐代封禅之仪亦遵此。万岁山,即嵩山,
在今河南登封市北,亦称嵩高山。

⑦天汉二句：谓洛水穿过洛城,在日光的映照下,熠熠生辉。
天汉,本指天河,此处借指洛水。白玉京,本指天帝所居之
处,此谓东都洛阳。日华,阳光。

⑧桥边二句：谓洛水桥边有游女委弃的环佩,碧波之中,倒映
着辉煌的上阳宫。佩环,即环佩,妇女的装饰品。上阳,宫
名,在唐洛阳皇城之西禁苑内,南临洛水,西拒谷水,唐高宗
时建,武则天常居于此,故址在今洛阳城西的洛水北岸。

⑨月锁二句：谓秋月映照的洛阳,名园空锁,唯有孤鹤哀鸣;
睡梦中还能听到伊水传来的凿龙之声。杜牧以名园的废兴
为例,极写洛阳的昔盛今衰。凿龙,开凿龙门。龙门在今河
南洛阳南。传说龙门为大禹所凿。

⑩连昌：宫殿名,唐高宗显庆三年(658)所建,故址在今河南
宜阳。绣岭：宫名,唐高宗显庆三年(658)置,故址在今河南

陕县。玉辇：皇帝的车驾。

[点评]

　　本诗作于开成元年（836），时杜牧为监察御史分司东都。安史之乱后，皇帝不再驾幸东都洛阳，所以宫阙园林久经闲置，十分荒凉。杜牧去年在长安为监察御史，因友人李甘反对郑注、李训而被贬封州司马，他为全身远祸，就移疾分司东都，感到世事浮沉，难以预料，故产生淡泊之心，不汲汲于是非名利，借游览名胜以排遣时光。面对宫阙园林如此荒凉，不禁感叹不已。山河依旧，人事已非，繁华永逝之感，渗透于字里行间，既象征着晚唐社会凄凉没落的景象，也表现出诗人的忧愁怅惘的情怀。

亲情友谊

# 碧山终日思无尽

# 寄扬州韩绰判官

青山隐隐水迢迢<sup>①</sup>，秋尽江南草木凋。
二十四桥明月夜<sup>②</sup>，玉人何处教吹箫<sup>③</sup>。

[注释]

①迢迢：一作"遥遥"。深远的样子。
②二十四桥：指扬州城中的二十四座桥。一说二十四桥即红
药桥。
③玉人：指韩绰。

[点评]

　　杜牧大和末年在扬州为淮南节度掌书记，韩绰为判官，
后牧入京为监察御史，韩仍在扬州，杜牧思念他而作此诗，约
为开成初年。全诗风调悠扬，意境优美。通过扬州胜景的描
写，委婉地探问韩绰的近况，表示自己的思念之情，是杜牧笔
法的高妙之处。今人或以为此诗写艳情，殊失作者本意。

# 沈下贤①

斯人清唱何人和②,草径苔芜不可寻③。

一夕小敷山下梦④,水如环佩月如襟⑤。

[注释]

①沈下贤:即沈亚之,字下贤,吴兴(今浙江湖州)人。元和十年(815)进士,工诗善文,擅长小说,游于韩愈之门,才名为时人所推。李贺、杜牧、李商隐都有拟沈下贤诗。

②斯人:指沈下贤。清唱:谓沈下贤所作的清新高雅的诗篇。

③草径句:谓荒草青苔已埋没了路径,下贤的故宅已无法寻找。

④小敷山:在湖州乌程县西南二十里。

⑤环佩:即佩玉,本为妇女饰物,此处用来比喻水之澄澈。

[点评]

诗有"一夕小敷山下梦"句,小敷山在湖州乌程县西南二十里,沈下贤曾在这里住过。故杜牧此诗应是大中四年(850)或五年(851)在湖州刺史任上所作。牧为刺史时,亚之已死,但慕其才名,故到小敷山作诗以凭吊,以抒发对他的景慕与同情。后二句融情入景,清幽之水与明净之月,既是写景又象征沈亚之的怀抱与才情。

# 酬张祜处士见寄长句四韵①

七子论诗谁似公②,曹刘须在指挥中③。

荐衡昔日知文举④,乞火无人作蒯通⑤。

北极楼台长挂梦⑥,西江波浪远吞空⑦。

可怜故国三千里,虚唱歌辞满六宫⑧。

[注释]

①张祜:字承吉,清河人。杜牧的友人。一生不仕,大中中卒
于丹阳。处士,指未仕或不仕的人。

②七子:建安七子。即汉末著名文学家孔融、陈琳、王粲、徐
干、阮瑀、应瑒、刘桢七人。

③曹刘:曹植与刘桢。曹植字子建,是当时最杰出的诗人。
才思敏捷,词藻富赡。刘桢字公干,曹丕称其"妙绝时人"。
后世常曹刘并称。

④荐衡句:谓令狐楚表荐张祜,就像孔融当年荐举祢衡一样。

⑤乞火句:谓虽有令狐楚之荐,却没有人在皇帝面前给你说
好话。乞火,用蒯通的典故。蒯通是秦汉之际的辩士,后为
曹参的门客。有人劝蒯通向曹参荐举两位隐士,蒯通就给曹
参讲了乞火的故事:我的同乡有一位妇女,她与同乡的老婆
婆相处得很好。一天夜里,这位妇女丢了肉,婆婆怀疑是她
偷吃了,非常生气,把她赶出去。这位妇女早晨走的时候,经

过同乡的那位老婆婆家,把这件事告之并且辞别。老婆婆说:"你安心走吧,我会让你家人追你的。"并很快捆了一束乱麻到丢肉的家里乞火说:"昨夜我家的狗偷了一块肉回来,狗与狗之间互相争肉,一只狗被咬死了。请借我火回去煮狗肉吃。"那家婆婆听说以后,马上派人把媳妇追了回来。那位老婆婆并不是辩士,借火也不是使妇人回家的办法,只是物有相感,事有适可。所以我是来乞火与曹相国的。然后就推荐了两位隐士,使之得到重用。张祜的遭遇正好相反,故称"乞火无人作蒯通"。

⑥北极句:谓张祜虽隐居,但对朝廷仍十分关心。北极,北极星,又称北辰。常常用以比喻朝廷。

⑦西江句:谓张祜的恋阙之情,如同长江的波浪,汹涌腾空。西江,西来之江,即长江。

⑧可怜二句:谓张祜虽有"故国三千里"的歌词,但只能在后宫传唱,对张祜本人来说,并不能解决什么问题。六宫,皇帝的后宫,皇后与嫔妃居地。

[点评]

这首诗作于会昌五年(845),时杜牧在池州刺史任。杜牧在诗中激赏张祜的才华,同情张祜怀才不遇的命运。

# 登池州九峰楼寄张祜①

百感中来不自由，角声孤起夕阳楼②。

碧山终日思无尽，芳草何年恨即休③。

睫在眼前长不见④，道非身外更何求⑤。

谁人得似张公子，千首诗轻万户侯⑥。

[注释]

①池州：治所在秋浦，今安徽贵池县。九峰楼：一作九华楼，
池州的风景名胜之一。张祜，见前《酬张祜处士见寄长句四
韵》诗注。

②百感二句：谓登上夕阳斜照的九峰楼，忽然听到一声号角，
不由自主地百感交集。中，内心。不自由，不由自主。

③碧山二句：谓作者对张祜隐居的碧山，终日情思绵绵，而对
张祜如同芳草一样无人赏识的命运抱憾不已。碧山，指张祜
隐居的青山。芳草，比喻张祜像芳草一样无人赏识。

④睫在句：睫毛就在眼前，人们却一直看不见。比喻白居易
对张祜的不公正待遇。

⑤道非句：谓道并不是身外之物，又何必到别处寻求！道，规
律，事理。

⑥谁人二句：谓有谁像你张公子那样，宁作诗千首，而不去追
求高官厚禄呢？万户侯，食邑万户之侯，形容高官厚禄。

[点评]

　　这首诗作于会昌六年(846),时杜牧为池州刺史。杜牧会昌四年(844)九月由黄州刺史迁池州刺史,六年(846)九月又迁睦州刺史。张祜会昌五年(845)得知杜牧为池州刺史,特地来拜访,二人相互唱酬。杜牧有感于白居易非难张祜,故作诗以赞美,有"谁人得似张公子,千首诗轻万户侯"之句,为张祜鸣不平,也暗寓自己失意的牢骚。九峰楼是池州的风景名胜之一。张祜,字承吉,南阳(今河南南阳)人,寓居姑苏(今江苏苏州)。元和、长庆间,为令狐楚所器重,又客于淮南。大中中卒于丹阳隐居。

# 残春独来南亭因寄张祜①

暖云如粉草如茵,独步长堤不见人。

一岭桃花红锦黻②,半溪山水碧罗新。

高枝百舌犹欺鸟③,带叶梨花独送春。

仲蔚欲知何处在④,苦吟林下拂诗尘。

[注释]

①南亭:即池州弄水亭,在池州贵池县通远门外,唐杜牧建,取李白"饮弄水月中"诗句为名。

②黝（yuè）：黄黑色。

③百舌：鸟名。即反舌，以其鸣声反复如百鸟之音，故名。立春后鸣啭不已，夏至后即无声。

④仲蔚：即张仲蔚。此以张仲蔚比张祜。

[点评]

　　这首诗作于会昌六年（846）春，时杜牧在池州刺史任。张祜会昌五年来池州拜访杜牧，九月二人同登齐山。此诗是与张祜别后，春日寄赠之作。


# 送杜颛赴润州幕①


少年才俊赴知音②，丞相门栏不觉深③。

直道事人男子业④，异乡加饭弟兄心⑤。

还须整理韦弦佩⑥，莫独矜夸玳瑁簪⑦。

若去上元怀古去，谢安坟下与沈吟⑧。

[注释]

①润州：唐镇海军节度使治所，今江苏镇江。幕，幕府的简称。古代将帅的府署称幕，后亦泛指衙署。

②少年才俊：指杜颛年少多才。其时杜颛二十八岁。知音：指李德裕。因为此时杜颛受李德裕的辟召。

③丞相:即上句的"知音",指李德裕。李德裕在大和七年 (833)曾为兵部尚书同平章事。因唐人好称显官,故仍称其 丞相。

④直道事人:谓以正直之道事奉李德裕。直道,指公正无私、 刚正不阿的行为。

⑤加饭:劝人保重的话。

⑥韦弦佩:语本《韩非子·观行》:西门豹之性急,常佩韦以 缓己;董安于之心缓,故佩弦以自急。杜牧用之勉励杜顗时 刻鞭策自己。韦,皮带;弦,弓弦。

⑦矜夸:夸耀。玳瑁(dài mào):一种爬行动物,形似龟,甲 壳黄褐色,有黑斑和光泽,可做装饰品。

⑧若去二句:谓如果到上元去缅怀古迹,一定要到谢安坟前 凭吊一番。上元,唐县名。谢安墓在县东南十里石子冈北。 谢安(320—385),字安石,东晋阳夏(今河南太康)人。孝武 帝时位至宰相。符坚南侵时,他为征讨大都督,派遣将帅击 败前秦兵九十万。成为历史上著名的淝水之战。

[点评]

　　杜顗,字胜之,杜牧之弟。大和六年(832)及进士第,授 秘书省正字、瓯使巡官。李德裕出任镇海军节度使,辟为试 协律郎,其时为大和八年(834),这时杜牧在扬州,为淮南节 度掌书记。杜顗从长安赴任时,经过扬州,兄弟二人欢会数 日。在赴润州时,杜牧作此诗相送。诗对杜顗谆谆劝勉,充 满手足之情。并勉励他干一番大事业。"直道"句是杜牧心 灵迸发之语,也是他人格精神的具体表现。他告诫杜顗要 "直道事人",就是不阿附权贵,而要行自己正直之道,由此想见杜牧处于晚唐牛李党争极为剧烈的时代,自己又与二党有复杂的人事关系,但终不为两党所左右,保持自己的节操,是多么难能可贵。"异乡"句,虽平淡无奇,但内在感情至为炽热,体贴入微处莫过于此。

# 初春雨中舟次和州横江,裴使君见迎,李赵二秀才同来,因书四韵,兼寄江南许浑先辈①

芳草渡头微雨时,万株杨柳拂波垂。

蒲根水暖雁初浴②,梅径香寒蜂未知。

辞客倚风吟暗淡③,使君回马湿旌旗④。

江南仲蔚多情调⑤,怅望春阴几首诗!

[注释]

①横江:在安徽和县东南,也称横江浦,与南岸采石矶隔江对峙,古为要津。裴使君,即裴俦,杜牧的姊夫,时任和州刺史。李赵二秀才,未详。秀才,唐应举者皆称秀才,谓才能优秀之人。许浑,诗人的诗友,晚唐著名诗人。字用晦,丹阳(今江苏丹阳)人。大和六年(832)进士及第。历监察御史,当涂、太平县令,睦州、郢州刺史等。其时许浑为当涂县令。先辈,

唐进士间互相推敬谓之先辈。

②蒲：香蒲，生于浅水或池沼中，根可供食用，叶可供编织用。

③辞客：指李、赵二秀才。暗淡：谓微雨中天气灰暗。

④使君：指裴俦。旌旗：太守出行仪仗中的旗帜。

⑤仲蔚：即张仲蔚，此以比许浑。情调：情意，情味。

[点评]

　　这首诗作于开成四年（839）初春，时杜牧离开宣城赴京，溯长江，入汉水，经南阳、武关、商山入长安。诗主要表现闲适的情怀。"和州裴使君"是杜牧的姊夫裴俦，他携李赵二秀才同来迎接，故杜牧作诗以记其事，兼寄许浑。诗中"仲蔚"，即汉代的隐士张仲蔚，好诗赋，闭门养性，不慕荣名。杜牧借以比许浑，也是自我感情的流露，表现他闲适的情怀。诗中"蒲根水暖雁初浴，梅径香寒蜂未知"，写初春之景，自然贴切。

# 赠沈学士张歌人

拖袖事当年②,郎教唱客前③。

断时轻裂玉④,收处远缫烟⑤。

孤直絚云定⑥,光明滴水圆⑦。

泥情迟急管⑧,流恨咽长弦⑨。

吴苑春风起⑩,河桥酒旆悬⑪。

凭君更一醉,家在杜陵边⑫。

[注释]

①沈学士:即沈述师,字子明,沈传师之弟,曾任集贤学士,故称"沈学士"。张歌人,即张好好,本为歌伎,大和六年(832)被沈述师纳为妾。

②拖袖:引袖做好唱歌准备的姿态。

③郎:指沈述师。

④断时句:指好好唱歌停顿的时候,如同玉器碎裂一样清脆。断,歌曲中的停顿。

⑤收处句:指好好唱歌结束的时候,如同细长的轻烟一样,绵绵不断。收,指歌曲结束。缫(sāo),同"缲",抽茧出丝。

⑥孤直句:谓好好歌声的高亢,镇定了行云。絚(gèng)云:急促的行云。

⑦光明句：谓好好的歌声清亮圆润，如同滴下的水珠一样。

⑧泥情句：谓好好的歌声缠绵悱恻，使得节奏急速的管乐为之迟滞。泥(nì)，阻滞，滞留。急管，形容节拍急促，演奏热闹的乐奏。

⑨流恨句：指歌曲唱到痛苦幽怨之处，使琴弦也为之呜咽。长弦，指弓弦细而长的乐器。

⑩吴苑：即长洲苑，吴王之苑。故址在今江苏苏州市西南，太湖以北。

⑪河桥：桥梁。酒斾：酒旗。

⑫杜陵：地名。在今陕西省西安市东南。杜牧家在长安杜陵。

[点评]

本诗作于大和六年，时杜牧三十岁，在宣州幕中。其时杜牧的府主是沈传师，传师之弟述师与歌伎张好好都在宣州，与杜牧都非常要好。张好好善于唱歌，是唐代最著名的歌女之一，宋代王灼《碧鸡漫志》，记载唐时歌女数人，就有张好好。这首诗主要描写好好歌声之动听，分三个层次，一连用了几个非常贴切的比喻，状好好歌声之美；接着写"吴苑春风起，河桥酒斾悬"，是最紧要之笔，以丽景衬歌声，构思新颖别致；最后写听了张好好之歌，触动自己的乡思，又是由景入情之笔。古代诗中，描写音乐及歌声之作，较著名者，有李贺《李凭箜篌引》、白居易《琵琶行》等。杜牧此诗也堪称上乘之作。

# 题安州浮云寺楼寄湖州张郎中<sup>①</sup>

去夏疏雨余,同倚朱栏语<sup>②</sup>。

当时楼下水,今日到何处。

恨如春草多,事与孤鸿去。

楚岸柳何穷,别愁纷若絮。

[注释]

①安州:今湖北安陆。张郎中,即张文规,弘靖子,历拾遗、补阙、吏部员外郎。出为安州刺史,累迁右散骑常侍、兼御史中丞、桂管观察使。新、旧《唐书》附《张延赏传》。

②去夏二句:谓去年夏天雨后,与张文规登安州浮云寺楼,一起凭栏而语。按张文规会昌元年(841)七月十五日自安州刺史迁湖州,是其夏尚在安州,杜牧先在蕲州看望病弟,是时由蕲州归京,途经安州,与张文规相会。去夏即会昌元年。

[点评]

这首诗作于会昌二年(842)春,时杜牧出守黄州,由京城赴任,途经安州。诗是杜牧寄张文规以表现别后相思之作。诗的妙处在于以草与絮比喻愁绪。恨如春草,愁若柳絮,喻情极为切至。春草长满天涯,状恨之极多;柳絮纷扬空中,喻愁之复杂。这种比喻,在以后的唐宋词人中用得相当普遍。

# 长安送友人游湖南①

子性剧弘和，愚衷深褊狷②。

相舍嚣诙中，吾过何由鲜③。

楚南饶风烟，湘岸苦萦宛④。

山密夕阳多，人稀芳草远⑤。

青梅繁枝低，斑笋新梢短⑥。

莫哭葬鱼人，酒醒且眠饭⑦。

[注释]

①湖南：唐湖南观察使的辖区，大致相当于今天的湖南省地。

②子性二句：谓你的性情十分平和，而我的胸怀却非常褊狭。剧，十分。褊狷，正直但不随和。

③相舍二句：谓在长安这喧闹的地方分别以后，我的过失怎么能够减少呢？嚣诙(náo)，喧哗吵闹。

④楚南二句：谓楚南风烟弥漫，湘江萦回曲折，行程可能很艰苦。萦宛，萦回屈曲。

⑤山密二句：谓湖南山峰攒聚，夕阳斜照，人烟稀少，芳草难寻。芳草，香草，常比喻才德兼备的人。

⑥青梅二句：谓青梅结满了树枝，竹笋抽出了短短的新芽。斑笋，斑竹之笋。斑竹，即紫竹，竹有紫色或灰褐色的斑纹，

也称湘妃竹。古代神话谓舜南巡不返,葬于苍梧。舜妃娥皇、女英思帝不已,泪下沾竹,竹悉成斑。

⑦莫哭二句:杜牧对友人说,到了湖南以后,不要凭吊屈原,只管吃饭喝酒睡觉,过着悠闲的生活吧。这两句是作者的愤激之词。葬鱼人,指屈原。屈原被放逐到湖南之后,对渔父说:"宁赴常流,而葬乎江鱼腹中耳。""于是怀石,自投汩罗以死。"

[点评]

　　这首诗作于大中四年(850),时杜牧在长安。湖南,唐湖南观察使的辖区,大致相当于今天的湖南省地。"山密夕阳多,人稀芳草远"是写景的佳句。作者在长安,而写楚地之景,纯属想象之笔。设想友人在夕阳之下的重峦叠嶂中行走,眼见芳草连绵无际,不免使人产生寂寥之感。明丽的景色中透露出作者对友人的惜别、关怀,情绪稍有伤感而不低沉。

情诗恋歌

# 赢得青楼薄幸名

# 赠别二首

娉娉袅袅十三余<sup>①</sup>，豆蔻梢头二月初<sup>②</sup>。

春风十里扬州路，卷上珠帘总不如<sup>③</sup>。


多情却似总无情<sup>④</sup>，惟觉樽前笑不成<sup>⑤</sup>。

蜡烛有心还惜别，替人垂泪到天明。

[注释]

①娉娉袅袅(pīng pīng niǎo niǎo)：形容女子的姿态美。

②豆蔻：多年生常绿草本植物，又名草果。分肉豆蔻、红豆蔻、白豆蔻等种。红豆蔻生于南海诸谷中，南人取其花未大开者，名含胎花，言如怀孕之身。诗人以喻未嫁之少女，言其少而美。

③春风二句：谓在春风吹拂下的繁华的十里扬州城，红粉佳丽无数，但卷起珠帘一看，却都没有你漂亮。

④却似：反倒像。

⑤樽：酒器。

[点评]

　　这组诗作于大和九年（835）。大和七年（833），杜牧受淮南节度使牛僧孺之辟，为节度推官、监察御史里行，转掌书记。在扬州供职期间，生活浪漫，常出入于歌楼舞榭之中。本诗是大和九年春调回京城为监察御史，离扬州前夕赠妓之作。据晚唐高彦休《唐阙史》记载，唐中书舍人杜牧，少年时才气横溢，下笔成章。弱冠考取进士，又登制科。他仪态潇洒，性格疏荡。正逢丞相牛僧孺出镇扬州，辟为节度掌书记。杜牧在供职之暇，以宴游为事。扬州是当时的风景胜地，倡楼之上，常常有数以万计的绛纱灯，辉耀罗列于空中，在九里三十步的长街中，珠翠填咽，如同仙境。杜牧驰逐于此，几无虚夕。牛僧孺秘密安排吏卒三十人，便服尾随，暗中保护他。等到他要调到京城做监察御史的时候，牛僧孺在中堂设宴饯送，席间告诫说："以御史的气概，自己应该能够顺利地走上仕途，但是我经常考虑，你风情不节，有时会伤害身体。"杜牧回答说："某经常检点自己，不至于到您忧虑的程度。"牛僧孺笑而不答，派侍从取出书匣，拿出一本精制的册子，打开给杜牧看。其中记载的都是僧孺所派吏卒的秘密报告，有数十百条，都是说：某月某日的晚上，杜书记经过某家，无恙；某日的夜间，杜书记宴于某家，无恙。杜牧对此非常惭愧，随即感激涕零，拜谢牛僧孺，并终生不忘。这两首诗的背景大致如此。二诗虽为别妓之作，但都是杜牧真情实感的流露。二诗都用比兴手法，表现作者对于对方的情意。前者偏重于表现对方的美貌，说她娇艳出众，其他的扬州妓女都比不上她，这是对比的手法；又用含苞待放的豆蔻花来形容她的情态，这是比喻的方法。后者侧重别情，前半直接写情。二人过去欢聚一起，自是多情，而今离别，又是无情，心情非常矛盾。究竟是无情还是有情，诗人也感到迷惘了。仔细玩味，都是内心多情,而表现无情,有者只是感伤。有情指欢情,无情指离别。在此离筵之上,都想以笑容来安慰对方,然而又笑不成。因为不得不离别。多情而离别,既无可奈何,又万不得已。所以这"无情"与"有情"四字,包含了诗人无限的委婉曲折的心思。后半比喻言情。二人相对无言,欲笑而不成,只有面前的蜡烛,彻夜长明,似乎替人垂泪。烛本无知,而这里赋予其情,这是诗歌的移情表现,使人的感情更深一层。从这两首诗中,可以窥见晚唐社会的风气以及士子的心理状态,具有一定的认识意义。

# 遣 怀

落拓江南载酒行<sup>①</sup>,楚腰肠断掌中轻<sup>②</sup>。

十年一觉扬州梦,赢得青楼薄幸名<sup>③</sup>。

[注释]

①落拓句:谓曾经在江南之地,自由放纵,饮酒畅游。落拓,放荡不羁,无拘无束。一本作"落魄",谓困顿失意。江南,指扬州。一本作"江湖"。

②楚腰句:谓欣赏那纤细柔美的轻盈体态,令人销魂。楚腰,泛称女子的细腰。肠断,形容令人销魂的程度。一作"纤细"。

③十年二句:谓十年过去了,回想扬州的往事,犹如一场大

梦，只是赢得了青楼薄幸的名声。青楼，唐时指歌楼舞馆，后世遂专指妓院。薄幸，薄情负心。赢得，一作"占得"。

[点评]

这首诗是回忆在扬州幕中放荡不羁的生活，浑如一梦。唐代扬州非常繁华，妓馆甚多，杜牧为牛僧孺淮南节度府掌书记，纵情声色，流连于歌楼舞榭之中，本诗所谓"扬州梦"即指此事。后人大多认为这首诗是艳诗，然细细玩味，并非如此。因为这首是忆旧之作，故想到年轻时扬州冶游之事，而感慨万千。题曰《遣怀》，则分明是抒发感慨之作。此时杜牧年过四十，回忆以前，或有追悔，或有责备，或有感伤；或有留恋，或有醒悟。往事如烟，不堪回首，这些都不是"艳情"二字所能容纳的。言情仍然是这首诗的重要方面。

# 叹　花

自是寻春去较迟，不须惆怅怨芳时。

可怜风摆花狼藉，绿叶成阴子满枝。

[点评]

这首诗大致作于大中四年（850）杜牧为湖州刺史时。据晚唐人高彦休《唐阙史》记载：杜牧听说吴兴郡多美女，尤其有长眉纤腰貌类神仙者，因此在罢宣州从事任后，专门到吴兴去观赏。当时的湖州刺史颇闻其名,迎接招待非常豪华。杜牧到了湖州,终日痛饮,并观赏府中官妓,说:"善则善矣,但与传说者不很相称。"而对让私选的妓人则说:"美则美矣,但也未惬所愿。"因而想离开湖州。刺史询问他有什么要求,他说:"愿泛彩舟,让州人纵观,我四处观赏后,将无所恨。"刺史甚为高兴,选择吉日,大办彩舟,而两岸观者如堵,杜牧在此中寻觅,一直无所得。等到傍晚时分,观者渐散,忽然在河曲之岸边见一乡间妇女携带幼女。杜牧说:"此奇色也!"很快将母女二人接至彩舟之上,并要与之说话。其女幼小恐惧,很不自安。杜牧说:"今日不必带去,但要约定一个日期。"于是赠送一箱罗帛作为凭据。妇女推辞说:"以后如果不守信用,恐怕女儿受累。"杜牧说:"不然,我现在回到京城,就要求做此州刺史。如果我十年不来,此女可以嫁人。"于是将盟约写在纸上,然后分别。其后十四年,杜牧为湖州刺史。到郡三日,就派人搜访,其女已嫁人三年,并生了两个儿子。杜牧召其母并反问他:"既然收我的聘礼,为什么不守信用?"其母就出示以前的盟约给杜牧看,并说:"等你十年,不来而后嫁人,嫁了三年,并生了两个儿子。"杜牧沉思片刻说:"说得也有道理!"因此赠《叹花》诗一首以抒发其感慨。这首诗不见于杜牧的文集,仅见于别集,故后代学者不少人怀疑是伪作。其实大概是杜牧不满意这类艳情之诗,在临终前焚稿。这首诗早已广泛流传于社会,故宋人所搜集杜牧佚诗,将其录入《别集》。以这首诗与杜牧《遣怀》等诗相比较,风格一致,表明晚唐文人生活放荡浪漫的一面。杜牧在这方面尤为典型,故流传了不少佳话,这首诗也是广泛流传的佳话之一。

# 李司空席上作

华堂今日绮筵开,谁唤分司御史来。

忽发狂言惊满座,两行红粉一时回。

[点评]

这首诗大约作于开成初年杜牧为监察御史分司东都时。李司空,或说是李愿,或说是李拭,或说是李听,难以确定为谁。这首诗联系着杜牧的一段佳话。据唐人孟棨《本事诗·高逸篇》所载:杜牧为监察御史分司东都时,李司空罢镇闲居,声伎豪华,为当时第一。洛中名士,都来拜见。李于是大开筵席,当时朝客高流,无不与会。因为杜牧是御史台宪官,不敢邀请。杜牧派座客传达自己愿意参与的意图。李不得已,才发出邀请书。杜牧这时正在对花独酌,也已经酣畅,见到邀请,很快赶来。当时聚会者已饮酒,周围有女奴百余人,皆是绝艺殊色。杜牧独坐于南行,瞪目注视,饮了三大杯酒之后,问李说:“听说有紫云这个人,哪一个是?”李指给杜牧看。杜牧凝视了很长时间,说:“名不虚传,应该送给我。”李低下头暗笑,诸位妓女也回首破颜而笑。杜牧又自饮三爵,朗吟而起说:“华堂今日绮筵开,谁唤分司御史来。忽发狂言惊满座,两行红粉一时回。”意气闲逸,旁若无人。

# 见吴秀才与池妓别,因成绝句

红烛短时羌笛怨①,清歌咽处蜀弦高②。

万里分飞两行泪,满江寒雨正萧骚③。

[注释]

①羌笛:古代的管乐器,长二尺四寸,三孔或四孔,因出于羌中,故名。

②蜀弦:即蜀琴。相传汉司马相如工琴,故以其所用之琴为蜀琴;亦泛指蜀中所制的琴。

③萧骚:形容风吹树木或雨滴树木的声音。

[点评]

  这首诗作于杜牧为池州刺史时。吴秀才,名未详。全诗描写的是文人与妓女的离情。前二句写离别时的情景,红烛渐短,夜色已深,羌笛演奏的音乐,如怨如诉,蜀弦高处,歌声正动离情,呜咽感人。在这种情形之下,有情人将要万里分飞,悲怨可以想见。第三句直接描写离情,万里分飞与两行泪,一近一远,两相对比,不仅言情深刻,更给读者展示了较为广阔的境界。第四句是典型的环境描写,以雨滴树木之声衬托离情,更使人想到吴秀才去后,池妓凄凉之景,与二人两地相思之情。这首诗更值得注意的是,它表现了晚唐社会的

一个侧面，即文人与妓女的关系，在当时，文人与歌伎或艺伎
的关系密切，是一种很正常的现象，并非视为违反名教之事。
妓女与秀才的离合，往往会演为极为动人的佳话。故杜牧被
视为风流才子，也与当时的社会背景相关。

妇女生活

# 轻罗小扇扑流萤

# 奉陵宫人<sup>①</sup>

相如死后无词客<sup>②</sup>,延寿亡来绝画工<sup>③</sup>。

玉颜不是黄金少<sup>④</sup>,泪滴秋山入寿宫<sup>⑤</sup>。

[注释]

①奉陵宫人:陪伴侍奉帝王陵墓的宫人。

②相如句:谓司马相如死后,再没有人为宫女写《长门赋》
了。相如,司马相如,西汉著名的辞赋家。汉武帝陈皇后别
在长门宫,愁闷悲思,听说司马相如工为文章,就奉黄金百
斤,为相如、文君取酒。相如就作了《长门赋》以悟主上,陈
皇后复得亲幸。

③延寿句:谓毛延寿死后,也没有人给后宫美女画图了。延
寿,指毛延寿,汉杜陵(今陕西西安南)人。元帝后宫既多,
不得常见,使毛延寿等画工图形,按图召幸。诸宫人皆赂画
工,独王昭君(名嫱)不肯,遂不得见。其后匈奴求美人为阏
氏,遂遣昭君,临行召见,貌为后宫第一。元帝穷案其事,毛
延寿等画工皆弃市。

④玉颜句:传说汉成帝时,宫女大都出钱贿赂画工,争取召幸
的机会,至少不下五万钱。玉颜,代指宫女。

⑤寿宫:皇帝的陵墓。

[点评]

奉陵制度始于西汉武帝茂陵,见《汉书·贡禹传》。唐时犹遵此制。杜牧此诗,不仅对残酷的封建制度进行批判,也对命运悲惨的妇女给予同情。

# 出宫人二首

闲吹玉殿昭华管①,醉折梨园缥蒂花②。

十年一梦归人世③,绛楼犹封系臂纱④。


平阳拊背穿驰道⑤,铜雀分香下璧门⑥。

几向缀珠深殿里,妬抛羞态卧黄昏。

[注释]

①昭华管:乐器名,即玉管。传说秦咸阳宫有玉管长二尺三寸,二十六孔,吹之则见车马山林隐辚相次,吹熄亦不复见。铭曰:"昭华之管。"

②梨园:唐玄宗曾选乐工三百人、宫女数百人,教授乐曲于梨园,亲自订正声误,号"皇帝梨园子弟"。梨园故址在长安禁苑中。缥蒂花,《西京杂记》卷一:"初修上林苑,群臣远方各献名果异树,亦有制为美名,以标奇丽……缥蒂梨。"

③十年句:谓在宫中十年,犹如一场大梦,现在又回到了人世。

④绛楼句:谓绛楼之上,还封存着系臂的红纱。意谓皇帝除了这些宫女,还要强迫另一些女子入宫。系臂纱,晋武帝既平蜀吴,追求声色,民间女子有姿色者,吏以绯彩结女臂,强纳入宫,虽豪家往往不免。

⑤平阳拊背:《史记·外戚世家》:卫皇后字子夫……出平阳侯邑……主因奏子夫奉送入宫,子夫上车,平阳主拊其背曰:行矣,强饭,勉之! 即贵,毋相忘。拊背,轻拍肩背。

⑥铜雀分香:铜雀,即铜雀台。汉末建安十五年(210)冬曹操所建。故址在今河北省临漳县西南古邺城的西北隅,与金虎、冰井合称三台。分香,即分香卖履。东汉末,曹操造铜雀台,临终时吩咐诸妾:"汝等时时登铜雀台,望吾西陵墓田。"又说:"余香可分与诸夫人。诸舍中无为,学作履组卖也。"后以分香卖履喻临死不忘妻妾。

[点评]

　　这组诗深刻地揭示了宫人内心的寂寞与痛苦,也给封建制度以有力的抨击。

# 宫词二首（其二）

监宫引出暂开门，随例须朝不是恩<sup>①</sup>。

银钥却收金锁合，月明花落又黄昏<sup>②</sup>。

[注释]

①监宫二句：谓监宫者暂时开了宫门，把宫女带出去，这是按惯例朝见皇帝，并不是恩宠。监宫，指太监。

②银钥二句：谓朝见之后，又关上了宫门，收去钥匙，随着月明花落，又一个难熬的黄昏到来。

[点评]

　　这首诗描写失宠宫女的幽怨之情。宫人闭锁长门，也有出来朝君之例，但必须由监宫领出。"暂开门"表示朝君之不易。而这种朝君只不过是随例而已。因非沐皇恩，故更添愤怨。待重入冷宫，监宫收钥合锁后，此情此景，比不朝君更惨。这时宫女独不成眠，所见者，只有满宫明月，空庭落花，往日凄清之景，又重现目前。全诗不着一"怨"字，但字字怨入骨髓。

# 月

三十六宫秋夜深①,昭阳歌断信沉沉②。

惟应独伴陈皇后③,照见长门望幸心④。

[注释]

①三十六宫:形容宫殿之多。

②昭阳:即昭阳殿。汉武帝时后宫八区有昭阳殿,成帝时赵飞燕居之,贵倾后宫。后世常以昭阳代皇后之宫。歌断:歌声停歇。沉沉:深沉的样子。此处表示无声无息。

③陈皇后:汉武帝刘彻的姑母长公主之女,姓陈。刘彻四岁时封胶东王,长公主抱置膝上,问:"儿欲得妇否?"指其女阿娇,又问:"阿娇好否?"答:"欲得阿娇作妇,当作金屋贮之。"及即帝位,立为皇后。失宠后废居长门宫。

④长门:汉宫名。本窦太主长门园,武帝更名长门宫。时陈皇后失宠于武帝,别在长门宫,使人奉黄金百斤,令司马相如为《长门赋》。

[点评]

这是一首宫怨诗。诗的妙处便是将明月拟人化,把月的感情与人的感情融为一体,使宫人的怨恨进一步升华。

# 秋　夕

红烛秋光冷画屏①,轻罗小扇扑流萤②。

瑶阶夜色凉如水,坐看牵牛织女星③。

[注释]

①画屏:饰有图案的屏风。

②轻罗小扇:用细绢制成的团扇。

③牵牛织女星:俗称牛郎织女星,二星隔银河相对。古代神话以牵牛织女为夫妇,每年七月七日相会一次,故人间常以比喻夫妇。

[点评]

　　这首诗又收入王建宫词一百首中,误。杜牧诗以拗峭险侧的风格著称于世,而《秋夕》却是典型的清婉平丽之作,代表了另一种风格。诗人巧妙地选取了一个宫女秋夜乘凉的情景,含蓄地表达出她们宫中生活的寂寞、无聊与苦闷。短短二十八字,用白描的手法给读者展示了封建帝王后宫的一个侧面,揭示了这个宫女的内心世界。诗的最成功之处就是将宫女深深的哀怨融化于清丽的夜色之中,并激发无数读者的同情与思索。

# 闺情代作<sup>①</sup>

梧桐叶落雁初归，迢递无因寄远衣<sup>②</sup>。

月照石泉金点冷，凤酗箫管玉声微<sup>③</sup>。

佳人力杵秋风处<sup>④</sup>，荡子从征梦寐希<sup>⑤</sup>。

遥望戍楼天欲晓<sup>⑥</sup>，满城冬鼓白云飞<sup>⑦</sup>。

[注释]

①闺情:妇女抒发思念远人的感情。

②梧桐二句:谓当梧桐叶落,北雁南飞的深秋时节,思妇欲寄征衣而无法到达。迢递,遥远的样子。

③月照二句:谓当时所见的只有月照石泉,光如金点,给人以寒意,所闻的是玉箫声远,凤吹低迷。凤酗箫管,用萧史吹箫典。

④力杵:尽心洗衣服。杵,捶衣用的棒槌。

⑤荡子:飘荡不归的男子。此处指征夫。

⑥戍楼:边防驻军的瞭望楼。

⑦冬鼓:即冬冬鼓,警夜的街鼓。

[点评]

　　杜牧此诗是代拟之作。闺情,妇女抒发思念远人的感情。

# 张好好诗①

牧大和三年②,佐故吏部沈公江西幕③。好好年十三,始以善歌来乐籍中④。后一岁,公移镇宣城,复置好好于宣城籍中⑤。后二岁,为沈著作述师以双鬟纳之⑥。后二岁,于洛阳东城重睹好好⑦,感旧伤怀,故题诗赠之。

　　君为豫章姝⑧,十三才有余。

　　翠茁凤生尾,丹叶莲含跗⑨。

　　高阁倚天半⑩,章江联碧虚⑪。

　　此地试君唱,特使华筵铺⑫。

　　主公顾四座⑬,始讶来踟蹰⑭。

　　吴娃起引赞⑮,低徊映长裾⑯。

　　双鬟可高下,才过青罗襦⑰。

　　盼盼乍垂袖⑱,一声雏凤呼⑲。

　　繁弦进关纽⑳,塞管裂圆芦㉑。

　　众音不能逐,袅袅穿云衢㉒。

　　主公再三叹,谓言天下殊。

赠之天马锦<sup>㉓</sup>，副以水犀梳<sup>㉔</sup>。

龙沙看秋浪<sup>㉕</sup>，明月游东湖<sup>㉖</sup>。

自此每相见，三日已为疏。

玉质随月满<sup>㉗</sup>，艳态逐春舒<sup>㉘</sup>。

绛唇渐轻巧<sup>㉙</sup>，云步转虚徐<sup>㉚</sup>。

旌旆忽东下，笙歌随舳舻<sup>㉛</sup>。

霜凋谢楼树<sup>㉜</sup>，沙暖句溪蒲<sup>㉝</sup>。

身外任尘土，樽前极欢娱。

飘然集仙客<sup>㉞</sup>，讽赋欺相如<sup>㉟</sup>。

聘之碧瑶佩，载以紫云车<sup>㊱</sup>。

洞闭水声远，月高蟾影孤<sup>㊲</sup>。

尔来未几岁，散尽高阳徒<sup>㊳</sup>。

洛城重相见，婷婷为当垆<sup>㊴</sup>。

怪我苦何事，少年垂白须？

朋游今在否，落拓更能无<sup>㊵</sup>？

门馆恸哭后<sup>㊶</sup>，水云秋景初<sup>㊷</sup>。

斜日挂衰柳，凉风生座隅<sup>㊸</sup>。

洒尽满衿泪，短歌聊一书。

[注释]

①张好好：唐代著名歌伎。

②大和:唐文宗年号,公元 827 年至公元 835 年。

③吏部沈公:沈传师,字子言,吴(今江苏苏州)人。大和二
年(828)十月以尚书右丞出为江西观察使。召杜牧入幕。
大和九年(835)四月,卒于吏部侍郎任,故称"吏部沈公"。

④乐籍:乐部的名籍。古时官伎属于乐部,故称乐籍。

⑤宣城:今安徽宣州。

⑥沈著作述师:沈述师字子明,传师弟,为著作郎。著作,官
名,即著作郎或著作佐郎。双鬟:将头发屈绕如环,绾成双
髻。

⑦洛阳:唐东都,今河南洛阳。杜牧大和九年(835)秋七月,
以监察御史分司东都。

⑧豫章:郡名,即洪州。沈传师为江西观察使驻于此地。故
治在今江西南昌。姝:美女。

⑨翠苗二句:谓好好像初长出翠尾的凤凰,又如含苞待放的
红莲花。苗,长出。跗(fū):通"柎",花萼。

⑩高阁:指滕王阁。旧址在江西新建县西章江门上,西临大
江。唐显庆四年(659)滕王李元婴为洪州都督时所建,故
名。

⑪章江:即章水。江西赣江的西源。源出崇义县聂都山,东
北流入赣县,与贡水合流为赣江,经南昌,流入鄱阳湖。碧
虚:天空。

⑫华筵:丰盛的筵席。

⑬主公:指沈传师。

⑭踟蹰(chí chú):徘徊不前的样子。

⑮吴娃:吴地的美女。引赞:引导性的称赞,相当于现在的报
幕。

⑯低徊:徘徊留恋之态。裾(jū):衣服的前襟。

⑰罗襦:丝罗制成的短袄。

⑱盼盼:注视的样子。

⑲雏凤:小凤凰。

⑳繁弦:急促的乐声。关纽:琴弦的转轴。

㉑塞管:即芦管,一种少数民族传入的乐器。

㉒袅袅:歌声绵延不绝。云衢:天空。

㉓天马锦:谓沙狐皮做成的锦裘。

㉔水犀梳:以水犀角制成的名贵梳子。水犀,犀牛的一种。

㉕龙沙:地名,在南昌城北。

㉖东湖:在南昌城东,随城回曲,水通章江,与龙沙都是当地著名的游览胜地。

㉗玉质:玉体。指张好好。

㉘舒:舒展。指体态日渐丰满。

㉙绛唇:朱唇。

㉚云步:飘逸如云的脚步。虚徐:轻柔,舒缓。

㉛旌旆二句:谓沈传师调任宣州观察使,旗帜沿江东下,好好也随船而去。时当大和四年(830)九月。旌旆,唐节度使仪仗有旌节,故此代沈传师。笙歌,指善歌的张好好。舳舻(zhú lú),船尾为舳,船头为舻,这里指首尾相接的船只。

㉜谢楼:即谢朓楼,在宣城北,一名北楼,南齐宣城太守谢朓所建。

㉝句溪:一名东溪,从宣城东流过,溪流回曲如"句"字形,故名。

㉞集仙客:指沈述师。原注:"著作尝任集贤校理。"集仙本为宫殿名,开元中置,内设书院,置学士、直学士等。开元十

三年(725)改集仙殿为集贤殿。

㉟讽赋:作赋。欺:压倒。相如:即司马相如(前179—前117),西汉著名辞赋家,著有《子虚赋》《上林赋》等。

㊱聘之二句:谓沈述师以隆重的礼节聘娶张好好。碧瑶佩,即碧玉佩。紫云车,本为仙家所乘,这里形容豪华的车子。

㊲洞闭二句:谓好好做了沈述师之妾后,不再和故人往还。上句暗用刘晨、阮肇之事。相传汉永平年间,浙江剡县人刘晨、阮肇到天台山采药迷路,遇到两个仙女,被邀至家中。半年后回家,子孙已过七代。后重入天台山访仙女,踪迹渺然。下句暗用嫦娥奔月之事。嫦娥本为后羿之妻,因偷窃长生不老药而逃到月中,"遂托身于月,是为蟾蜍"。

㊳高阳徒:谓酒徒。《史记》载,刘邦引兵过陈留,高阳儒生郦食其求见。使者进去通报,刘邦说:"为我谢之,言我方以天下为事,未暇见儒人也。"使者出去传告,郦生瞋目按剑对使者说:"走!复入言沛公,吾高阳酒徒也,非儒人也。"遂延入。终受重用。

㊴婥婥(chuō chuō):美好的姿态。当垆:卖酒。《史记·司马相如列传》载,卓文君随司马相如私奔后,无以为生,不久重返临邛,买一酒店卖酒,而让卓文君当垆。垆,酒店里安放酒瓮、酒坛的土台子,代指酒店。

㊵落拓:无拘无束,自由放纵。

㊶门馆句:指为沈传师的去世而伤心地痛哭。因杜牧曾在沈幕为僚,故称门馆。这里用羊昙哭谢安的典故。

㊷水云句:指目前自己的处境,在秋天的景色中,自己任分司东都的闲职。

㊸座隅:座边。

　　这首诗作于大和九年（835）秋,其时杜牧为监察御史分司东都,故于洛阳重见张好好。这首诗主要记述张好好的身世,对她的遭遇深表同情。诗的大部分写张好好姿色美丽、乐技高超以供人娱乐的生活情况。最后写重见好好之后,二人境遇都产生了极大的变化,不禁感慨万千。在诗中,他没有鄙弃这些歌伎,而是流露出深挚的情感与极大的同情,写出了她们的理想与追求,她们的苦闷与悲哀。杜牧这首诗还有自书真迹传世,现藏北京故宫博物院。真迹流传至今弥足珍贵,可见杜牧的书法造诣极深,只是被他的诗名所掩盖,故不为世人所知罢了。

# 八六子①

　　洞房深。画屏灯照②,山色凝翠沉沉。听夜雨冷滴芭蕉,惊断红窗好梦。龙烟细飘绣衾③。辞恩久归长信④,凤帐萧疏⑤,椒殿闲扃⑥。

　　辇路苔侵⑦。绣帘垂,迟迟漏传丹禁⑧。蕣华偷悴⑨,翠鬟羞整⑩,愁坐,望处金舆渐远⑪,何时彩仗重临⑫,正消魂。梧桐又移翠阴。

## ［注释］

①八六子:词牌名。本调共九十字,始见于《尊前集》杜牧所作,但句读与北宋诸家稍有出入。宋人所作则八十八字,前片三平韵,后片五平韵。

②画屏:绘有图案的屏风。

③龙烟:传说中六神之一,主肝脏之神。此指魂魄。绣衾:绣有华丽图案的被子。

④长信:汉宫殿名。汉成帝时,班婕妤美秀能文,受到成帝宠爱。后来,成帝又宠幸飞燕和赵合德。她感到赵氏姊妹娇妒狠毒,自己身处危境,请求到长信宫去侍奉太后。从此就在凄清寂寞的岁月里度过了一生。后代宫怨的诗词中经常用这一典故以表现怨情。

⑤凤帐:织有凤凰花纹的帐子。

⑥椒殿:后妃居住的宫殿。

⑦辇路:皇帝出行所走的路。辇,皇帝的车子。

⑧漏:古代计时的工具,利用滴水的多少来计量时间,即漏壶。漏壶中插入一根标杆,称为箭,其箭上刻符号表示时间。箭下用一只箭舟托着,浮在水面上,水流入或流出时,箭上升或下沉,借以表示时刻。丹禁:指帝王所居的紫禁城。

⑨蕣华:即木槿之花,朝开暮谢。

⑩翠鬟:妇女环形的发式。

⑪金舆:帝王乘坐的车轿,代指皇帝。

⑫彩仗:皇帝出行时豪华的仪仗。

[点评]

　　《八六子》是杜牧仅存于今的一首词。唐人的词一般不入文集，故很多诗人作词而流传于今者不多。与杜牧同时的温庭筠，堪称作词大家，其诗文集也不给词以一席地位，故唐人之词主要靠《花间集》《尊前集》等总集保存下来。杜牧的这首词最早见于《尊前集》，参以文集中有不少宫怨的内容，以这首词为杜牧所作，还是可信的。

　　这首词共九十字，属长调，是杜牧吸取文学新形式进行的一种尝试，因为中晚唐诗采用新声乐曲按拍填词，所作都是小令，作长调者只有杜牧一人。因为杜牧其时能作长调，诗歌又以绝句见长，推知其作小令是有一定数量的，只是没有保存下来。

　　词的内容是写宫怨，这是晚唐词中常见的题材。一位宫女在洞房的深处，带有绣绘的屏风在灯光的照耀下，显出凝翠的山色。她一个人整夜在这里，连做梦都被雨滴芭蕉之声惊破。这种典型的环境衬托出女主人公的寂寞。她是一位失宠的宫妃，远离皇恩，久归长信冷宫。本来是皇帝出入的道路，现在已长满青苔。宫禁之中，静静的长夜，只听到水滴铜壶之声，时间在寂寞中一刻一刻地流过。容华在瞬间憔悴，鬓鬟更懒于修整，只是忧愁地、静静地坐着，愁望远处皇帝的车子渐渐远去，盼望着何时能重来。正在愁苦销魂之际，见到梧桐树的阴凉又移动了很多，很快又要到达黄昏。词的上片写夜晚，下片写白天，都是细致地表现这位宫妃复杂微妙的心理活动。

　　这首词是草创时的作品，就艺术上说，还比较粗疏，稍欠精粹浑融。长调至北宋以后逐渐蔚为风气,作《八六子》者也很多,其中不乏受杜牧影响而又精粹浑融之作。

羁旅思乡

杜陵芳草岂无家

# 南陵道中①

南陵水面漫悠悠②,风紧云轻欲变秋。

正是客心孤迥处③,谁家红袖凭江楼。

[注释]

①诗题一作《寄远》。南陵即安徽南陵县,唐时属宣州。
②悠悠:遥远的样子。
③孤迥:寂寞凄凉。

[点评]

　　杜牧大和四年(830)至七年及开成二年(837)、三年曾在宣州为幕吏,诗即作于其间。诗写客子思家之情。首句咏南陵,江水悠悠,颇能引发客子乡思,次句咏江上早秋,更是描写入妙。后二句写当作客他乡,心怀孤寂之时,忽见红袖当前,江楼独倚,由此更引起乡愁。

# 汉　江①

溶溶漾漾白鸥飞②,绿净春深好染衣。

南去北来人自老③,夕阳长送钓船归。

[注释]

①汉江:即汉水,是长江最大的支流。源出陕西宁强县北蟠
冢山,东南流经陕西南部、湖北西部和中部,至武汉市汉阳入
长江。

②溶溶漾漾:波光浮动的样子。

③人自老:明周珽《唐诗选脉会通评林》引徐充语:"人自老"
三字最为感切,钓船常在,而南去北来之人,为利为名则无定
踪,皆汩没于此,真可叹也。

[点评]

　　这首诗作于开成四年(839)春,时杜牧赴京任左补阙,
经过汉江。诗前二句写景,以江鸥之白与江水之绿相映衬,
写出了春天的生机。后二句言情,表现了对岁月流逝的感叹
与宦游生活的厌倦。唐人绝句四句全工者很少见,而此诗浑
然天成,是不可多得的佳作。

# 题齐安城楼①

鸣轧江楼角一声②,微阳潋潋落寒汀③。

不用凭栏苦回首,故乡七十五长亭④。

[注释]

①齐安:即黄州,故址在今湖北黄冈西北。

②鸣轧:吹角的声音。角:古代乐器名,本出于西北地区游牧民族。江楼:指黄州的城楼。

③潋潋(liàn liàn):缓慢渐近的样子,犹冉冉。寒汀:秋季的水中小洲。

④故乡:谓杜牧家乡长安。七十五长亭:唐制三十里置一驿,驿有亭,以供行人休憩。此处长亭指驿站。

[点评]

这首诗约作于会昌三年(843)秋,时杜牧为黄州刺史。杜牧在黄州,远离故乡长安,有时登上城楼,凭栏而望,不免触动乡思。

# 秋浦途中①

萧萧山路穷秋雨②,淅淅溪风一岸蒲③。

为问寒沙新到岸④,来时还下杜陵无⑤。

[注释]

①秋浦:唐时池州治所在秋浦县,今属安徽。

②萧萧:雨声。穷秋:深秋。

③淅淅:风声。蒲:即香蒲,供食用,叶供编织,可以作席、扇、篓等具。

④为问:请问,试问。寒沙:深秋时带有寒意的沙滩。

⑤杜陵:地名。在今陕西西安东南。古为杜伯国,秦置杜县,汉宣帝筑陵于东原上,因名杜陵。杜牧家在长安杜陵。

[点评]

这首诗作于会昌四年(844),时杜牧由黄州刺史转池州,赴任途中。池州治所在秋浦。杜牧会昌四年(844)九月由黄州刺史迁池州刺史,时值深秋。诗以纪实的方式写自己的所见所感。诗中直接表现的是自己的思乡情绪,也暗寓作者想干一番事业而壮志难酬的苦闷。后二句寄情于雁,诗思含蓄委婉。诗虽短,但曲折回环,穷极变化。

# 朱坡绝句三首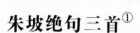①

故国池塘倚御渠②,江城三诏换鱼书③。

贾生辞赋恨流落④,只向长沙住岁余⑤。


烟深苔巷唱樵儿⑥,花落寒轻倦客归⑦。

藤岸竹洲相掩映⑧,满池春雨鹏鹈飞⑨。


乳肥春洞生鹅管⑩,沼避回岩势犬牙⑪。

自笑卷怀头角缩,归盘烟磴恰如蜗⑫。

[注释]

①朱坡:在长安城南樊川,风景优美,杜牧的祖父杜佑在这里
有别墅。

②故国句:谓故乡的池塘就在御沟的旁边。故国,故乡。御
渠,即御沟,流过皇城的河道。

③江城句:谓自己三次奉命担任江城之州的刺史。江城,杜
牧为黄州、池州、睦州刺史,三州皆临江,故称。鱼书,唐代起
军旅,易官长,发铜鱼符,附的尺牍,故兼名鱼书。

④贾生句:谓贾谊在辞赋中怨恨自己的流落,但他被贬谪在

长沙,仅有一年多时间。意思说自己的遭遇比贾谊还要悲惨,因为他被贬谪到江城有七年之久。贾生,即贾谊(前200—前168),年少而才高,天子议以贾生任公卿之位,而一些保守的大臣从中作沮,于是天子亦疏之,不用其议,而让他任长沙王太傅。他为长沙王太傅三年,有鵩飞入舍中,因而感到伤悼,乃为赋以自广。

⑤只向句:谓贾谊仅仅在长沙住了一年多时间。句末原注:"文帝岁余思贾生。"

⑥苔巷:长满青苔的深巷。樵儿:山里砍柴的儿童。

⑦倦客:久留他乡而疲惫不堪的人。

⑧藤岸句:谓长满藤萝的河岸与满是翠竹的水中小岛相映生辉。

⑨鸊鹈(pì tī):水鸟名,形似鸭而略小。

⑩乳肥:谓石钟乳很肥大。鹅管:指石钟乳中很薄的小洞,犹如鹅的翎管一样。

⑪沼避句:谓池沼与岩石曲折回转,犬牙交错。

⑫自笑二句:谓可笑自己如同蜗牛一样,缩头缩角盘绕在石磴上。卷怀,谓退隐。

[点评]

　　这首诗作于大中三年(849),时杜牧由睦州刺史入为司勋员外郎,赴京途中忆念故乡而作。杜牧自黄州刺史迁池州,又迁睦州,三州都是临江之地,故诗中有"江城三诏换鱼书"之句。朱坡在长安城南樊川,风景优美,杜牧的祖父杜佑在这里有别墅。以贾谊衬托自己,并抒发胸中的愤懑。

# 新定途中<sup>①</sup>

无端偶效张文纪<sup>②</sup>,下杜乡关别五秋<sup>③</sup>。

重过江南更千里,万山深处一孤舟<sup>④</sup>。

[注释]

①本诗作于会昌六年(846),时杜牧由池州刺史转睦州刺史,赴任途中。新定,郡名,即睦州,治建德县(今属浙江)。杜牧于会昌六年(846)九月由池州刺史改授睦州刺史,赴任途中而作此诗。

②无端:没有缘由。张文纪:张纲(108—143),字文纪,东汉犍为武阳(今四川犍为)人。顺帝时任御史,上书谏纵任宦官。汉安元年(142)奉令与杜乔、周举等八人徇行风俗,其他七人赴任,纲独埋车轮于洛阳都亭下,曰:"豺狼当道,安问狐狸!"遂上书奏劾大将军梁冀及其弟梁不疑罪行,京师震动。后任广陵太守。杜牧用张纲事谓自己乃得罪权贵而被外放。

③下杜:在长安附近,是杜牧的故乡。别五秋:杜牧自会昌二年(842)四月外放为黄州刺史,转池州、睦州,至会昌六年(846)赴睦州任,首尾五年。

④重过二句:谓这次又过江南,更远行千里,万山环绕之中,只有我一只船。

[点评]

　　这首诗作于会昌六年(846)，杜牧由池州刺史迁睦州刺史，赴任途中。杜牧在朝中被排挤，自会昌二年(842)被外放为黄州刺史，又转池州，至此已首尾五年。这时转为睦州刺史，睦州更在池州之南，离朝廷更远，也离家乡更远，故赴任途中，有感而发，作了这首诗。诗的首句写出官之由。用张纲的典故，以自己与汉代的张纲相比。张纲因敢言直谏被排挤出朝，任广陵太守，杜牧也因品行刚直，不媚事权贵，出为黄州刺史。次句写乡关之思，杜牧家在长安杜陵下杜，这是他一生引以为自豪的，他在出任外官时，也在不断地思念家乡，而这次离家却有五年之久，思乡之情更切。但前二句仍然是铺垫，后二句才写出主旨。思念家乡不仅不能回家，而要重过江南更远千里，客心孤迥已是非常难堪，又在万山深处，一叶孤舟远行，更是极为凄楚。杜牧在睦州刺史任上之不愉快，此诗已奠定了基调。

# 睦州四韵

州在钓台边②,溪山实可怜③。

有家皆掩映,无处不潺湲④。

好树鸣幽鸟,晴楼入野烟。

残春杜陵客⑤,中酒落花前⑥。

[注释]

①睦州:治所在今浙江建德市。

②钓台:汉严子陵垂钓处,故址在今浙江桐庐县富春山,下有富春渚,有东西二台,各数百丈。

③可怜:可爱。

④潺湲(chán yuán):水流缓慢的样子。

⑤杜陵客:杜牧自谓。杜牧家在长安万年县杜陵原,故称。

⑥中酒:酒酣。

[点评]

这首诗作于唐宣宗大中二年(848)暮春,时杜牧在睦州刺史任。诗的前六句写睦州之景,突出其秀丽。末二句表现自己思乡之情。

# 途中一绝

镜中丝发悲来惯①,衣上征尘拂渐难②。

惆怅江湖钓竿手,却遮西日向长安③。

[注释]

①镜中句:谓镜中使人悲伤的白发,已经看惯了。

②衣上句:谓长年为仕宦奔波,衣上的征尘已难于拂掉。意谓自己退隐之志没有实现。

③惆怅二句:谓令人惆怅的是,在江湖握钓鱼竿的手,如今却要用来遮挡耀眼的夕阳走向长安。江湖钓竿,因湖州近海,又邻太湖,故称。

[点评]

这首诗作于大中五年(851)秋,杜牧由湖州赴任长安途中。杜牧本年已四十九岁,由外郡调到朝廷任考功郎中知制诰。在赴任途中,想到自己长年漂泊在外,而今年已老大,故悲时光之流逝,已成长久的习惯。唯衣上征尘,长年如此,更增添了对故乡的思念。

# 隋堤柳<sup>①</sup>

夹岸垂杨三百里<sup>②</sup>,祗应图画最相宜。

自嫌流落西归疾,不见春风二月时<sup>③</sup>。

[注释]

①隋堤:隋炀帝大业元年,开通济渠,自西苑引谷水、洛水入黄;自板渚引黄河入汴水,经泗水达淮河;又开邗沟,自山阳至扬子入长江。渠广四十步,旁筑御道,并植杨柳,后人谓之隋堤。

②夹岸句:谓运河两岸堤上,植满杨柳,绵延三百里。

③自嫌二句:谓自己已流落在南方,现在入京为官,赶紧西归,可惜来不及欣赏隋堤春风二月的景象。

[点评]

　　这首诗作于大中五年(851),时杜牧自湖州赴长安途中。诗言杜牧归长安途中,面对千里隋堤,风景如画,感到心旷神怡,故特下"图画"二字,最为切当。但这种描写仅是铺垫之笔墨,重在表现思乡的情绪。因为时节还没有到春风二月,隋堤还不是最美的时候,只是自己归心似箭,故不得见二月的隋堤了。

# 雨

连云接塞添迢递<sup>①</sup>,洒幕侵灯送寂寥。

一夜不眠孤客耳,主人窗外有芭蕉。

[注释]

①迢递:高远的样子。

[点评]

　　这首诗是杜牧雨夜感慨之作。尤其是后二句,作者巧妙地选取雨打芭蕉,使人彻夜不眠这一特定景象,含蓄地表现自己作客他乡,寂寞无聊与忧愁感伤的心情。有声有色,有景有情。

# 宣州送裴坦判官往舒州，
# 时牧欲赴官归京①

日暖泥融雪半消，行人芳草马声骄②。

九华山路云遮寺③，青弋江村柳拂桥④。

君意如鸿高的的⑤，我心悬旆正摇摇⑥。

同来不得同归去⑦，故国逢春一寂寥⑧。

[注释]

①裴坦：字知进，河东（今山西太原）人。及进士第，入宣州观察使府为幕吏，召拜左拾遗、史馆修撰。判官，唐节度、观察使府的属官。舒州，今安徽舒城。

②骄：马健壮的样子。

③九华山：在安徽青阳县西南。

④青弋江：在安徽境内。源出石埭县之舒溪，东北流经泾县汇泾水为赏溪。又东北受幞溪、琴溪诸水，始为青弋江。经宣城及南陵、方山诸县，西北流至芜湖入长江。裴坦由宣州往舒州须经九华山、青弋江。

⑤的的：明白，昭著。

⑥摇摇：心神不安。

⑦同来句：谓自己与裴坦同入宣州幕府，而现在自己返归长

安,裴坦仍在宣城。

⑧故国句:设想以后不见裴坦之寂寥。故国,谓杜牧故乡长安。寂寥,寂寞。

[点评]

这首诗作于开成四年(839)初春,时杜牧迁左补阙,将离宣城赴官入京。杜牧在宣州,与裴坦是同僚,裴亦为判官。开成四年春,裴坦赴舒州办公务,杜牧欲赴京尚未行,故先作诗送之。诗的上半写景,下半抒情。景突出其明丽,情偏重于感伤,实以丽景反衬惆怅。从写景方面说,作者紧扣初春的特点,把日光、泥土、残雪、行人、芳草、马蹄、山路、寺庙、云霞、江村、杨柳有机地搭配在一起,勾勒出一幅春郊送别图,而惜别之意,自在其中。从抒情方面说,前三联分述,一句写行人,一句写送行人,一个开朗乐观,一个怅惘迷茫,形成鲜明的对比。最后二句直抒感叹,表现寂寥的情绪。

# 商山麻涧①

云光岚彩四面合②,柔柔垂柳十余家。

雉飞鹿过芳草远③,牛巷鸡埘春日斜④。

秀眉老父对樽酒⑤,茜袖女儿簪野花⑥。

征车自念尘土计,惆怅溪边书细沙⑦。

[注释]

①麻涧:在商山熊耳峰下,其地宜植麻,故称麻涧。

②岚彩:日光照耀山林呈现出来的雾气。

③雉:野鸡。

④埘(shí):在墙上凿的鸡窝。

⑤秀眉:老年人常有一两根眉毛特长,旧说以为是长寿的表征,谓之秀眉。

⑥茜袖:红色的衣袖。簪:插,戴。

⑦征车二句:谓对着征车,想到自己出入风尘,非常惆怅,唯有在溪边的沙滩上书写以排遣寂寞的情怀。征车,旅途所乘的车子。

[点评]

　　这首诗作于开成四年(839)春,时杜牧赴官入京经过商山麻涧。诗前六句写景,后二句抒情。云光岚彩,柔柔垂柳,雉飞鹿过,牛巷鸡埘,加以"芳草远""春日斜",真是风景如画。在这种环境之中,"秀眉老父对樽酒",意气闲逸;"茜袖女儿簪野花",充满生气。作者见到此情此景,不由想起自己四处宦游,颇感惆怅。故后二句是与前六句对比之词,更透露出作者人世沧桑之感。

追忆往事

# 秋山春雨闲吟处

# 念昔游

十载飘然绳检外①,樽前自献自为酬②。

秋山春雨闲吟处,倚遍江南寺寺楼③。


云门寺外逢猛雨④,林黑山高雨脚长。

曾奉郊宫为近侍,分明扠扠羽林枪⑤。


李白题诗水西寺⑥,古木回岩楼阁风⑦。

半醒半醉游三日,红白花开山雨中。

[注释]

①十载句:杜牧自大和二年(828)及进士第后,受沈传师辟
为幕吏,至开成三年(838)在宣州崔郸幕府,首尾十一年,过
着无拘无束的生活。飘然,迅疾的样子,谓时间过得很快。
绳检,指世俗礼法的约束。
②樽前句:谓经常自斟自饮,自得其乐。献、酬是古代饮酒时
主客互敬的礼节。
③倚遍句:谓江南每座寺庙的楼台,我都曾登临吟咏。古时
寺庙兼作旅店之用。江南,这里指长江下游地区。

④云门寺：原注："越州。"寺即在越州云门山上。

⑤曾奉二句：以皇帝郊祀的仪仗喻雨。郊官，古代皇帝于郊外祭祀天地，且伴有整齐的、声势浩大的仪仗随行。揿揿(sǒng sǒng)，挺起，直立。羽林枪，羽林是皇帝卫军的名称。此处以羽林枪比喻大雨。

⑥李白题诗：指李白《游水西简郑明府》诗。水西寺：原注："宣州泾县。"在宣州泾县西水西山上。

⑦回：环绕。

[点评]

　　这组诗约作于开成三年(838)。据宋周紫芝《竹坡诗话》，牧之为宣州幕吏，游泾溪水西寺时留有二小诗，其一为"李白题诗"一首，今载集中。其一云："三日去还住，一生焉再游。含情碧溪水，重上粲公楼。"杜牧开成二年(837)秋为宣州幕吏，三年(838)冬除左补阙，四年(839)初春离宣州赴京。诗以追忆的方式写往日漂泊游玩的情景。第一首忆江南之游，第二首忆越州之游，第三首忆宣州之游。第一首突出作者潇洒飘逸的性格，宦游江南十载，不受烦琐礼节的束缚，徜徉于山光水色之中，情之所至，辄吟诗遣兴；游踪所及，遍于江南。第二首偏重于写景，但以羽林枪喻大雨，新颖别致。第三首偏重于怀古。宣州水西寺，李白曾游览过，并题诗寺内。李白一生坎坷，浪迹江湖，寄情山水，杜牧其时并不得志，半醒半醉，有类李白。

# 自宣城赴官上京<sup>①</sup>

潇洒江湖十过秋<sup>②</sup>,酒杯无日不迟留<sup>③</sup>。

谢公城畔溪惊梦<sup>④</sup>,苏小门前柳拂头<sup>⑤</sup>。

千里云山何处好,几人襟韵一生休<sup>⑥</sup>。

尘冠挂却知闲事<sup>⑦</sup>,终把蹉跎访旧游<sup>⑧</sup>。

[注释]

①宣城:今安徽宣州。上京:京城长安。

②潇洒句:谓诗人优游江湖,已过十载。潇洒,超逸脱俗。

③迟留:逗留,流连。

④谢公城:即宣城。因南齐诗人谢朓曾任宣城太守,留有谢
公楼、谢公亭等众多景物,故称宣州为谢朓城。

⑤苏小:即南齐歌伎苏小小。

⑥襟韵:指人的情怀风度。

⑦尘冠挂却:指不在尘世做官。

⑧蹉跎:失时,虚度光阴。

[点评]

　　这首诗作于开成四年(839)初春,时杜牧三十七岁。杜
牧于去年冬迁左补阙,本年初春离宣城赴京。清钱谦益、何
焯《唐诗鼓吹评注》卷六:首言潇洒宦游已十余年,无日不淹

留杯酒之间，盖因耽饮而乃见其潇洒也。若"溪声惊梦""杨柳拂头"，皆潇洒之情，是云山之胜莫过宣城，襟韵之高惟余独得，今且还京未免为宦情所绊，不若挂冠而归乃为适志。今虽未遂所愿，终当归隐以寻访旧游也。岂久为名利所羁哉！"一生休"当非休美之意，言何人一生无高情旷致也，盖襟韵从云山而生，末联正足此句意。

# 润州二首①

句吴亭东千里秋②，放歌曾作昔年游。

青苔寺里无马迹，绿水桥边多酒楼③。

大抵南朝皆旷达，可怜东晋最风流④。

月明更想醒伊在，一笛闻吹出塞愁⑤。


谢朓诗中佳丽地⑥，夫差传里水犀军⑦。

城高铁瓮横强弩⑧，柳暗朱楼多梦云。

画角爱飘江北去⑨，钓歌长向月中闻。

扬州尘土试回首，不惜千金借与君⑩。


[注释]

①润州：即今江苏镇江市。唐时为镇海军节度使治所。

②句吴亭:在唐润州官舍。句吴乃因吴太伯立国事而得名,后用为地名。或作"向吴亭",误。句,同"勾"。

③绿水桥:唐润州的名胜之一。

④大抵二句:大概润州之人,在南朝时都旷达豪放,最可爱的是东晋时期,人们最风流倜傥。南朝,指宋、齐、梁、陈四个朝代。旷达,心胸开阔,举止无检束。可怜,可爱。风流,有才而不拘礼法的气派。

⑤月明二句:谓月明之夜,更想象桓伊那样的人出现,吹上一曲出塞的歌曲。

⑥谢朓句:谓润州是谢朓诗中所描写的佳丽之地。谢朓《入朝曲》:"江南佳丽地,金陵帝王州。"

⑦夫差句:谓润州自古为屯兵之地,吴王夫差时就置有水犀之军。

⑧铁瓮:润州号为铁瓮城,言其坚固。

⑨画角:古乐器名,形如竹筒,本细尾大,以竹木或皮为之,或用铜为之。外加彩绘,故称画角。发音哀厉高亢。

⑩扬州二句:作者回首一望,已风尘仆仆,由扬州来到了润州,不惜千金寻访游览这佳丽繁华之地。

[点评]

　　这组诗是杜牧重游润州时的所见所感。前首回忆昔年曾漫游这千里清秋之地。青苔寺里,马迹冷落;绿水桥边,酒楼繁盛。景象寂寞,而人物犹尚繁华。由此想到南朝文士,例多旷达;东晋士子,雅尚风流。但这些皆无补于世道。故作者在明月之夜,更想长笛一声,愁闻出塞,以建谢玄之功业。后首言谢朓以润州为佳丽之地,夫差以此置水犀之军。

而今州城固于铁瓮,而射潮之强弩犹在;柳色暗于朱楼,而云雨之梦魂居多。画角之声,飘江北而去;渔人之唱,向月中而闻。回首扬州风景,当于此艳冶之处,不惜千金,以买笑追欢。二诗览古今于一瞬,更系以深沉的感慨。

# 怀钟陵旧游四首①(其三)

十顷平湖堤柳合,岸秋兰芷绿纤纤②。

一声明月采莲女,四面朱楼卷画帘。

白鹭烟分光的的③,微涟风定翠湉湉④。

斜辉更落西山影,千步虹桥气象兼。

[注释]

①钟陵:即洪州南昌,今江西南昌市。因唐宝应元年(762)曾改为钟陵县,故称。

②兰芷:兰草和白芷,皆香草。纤纤:细微的样子。

③的的:明白,鲜明。

④湉湉(tián tián):形容水流平静。

[点评]

　　这组诗是杜牧怀念江西幕中旧友之作。这里所选第三首,主要回忆当时游湖的情景。

褒贤刺时

留警朝天者惕然

# 泊秦淮①

烟笼寒水月笼沙,夜泊秦淮近酒家。

商女不知亡国恨,隔江犹唱后庭花②。

[注释]

①秦淮:有二源,东源出句容县华山,南流。南源出溧水县东庐山,北流。二源合于方山,西经金陵城中,北入长江。相传秦始皇于山掘流,西入江,亦曰淮,因称秦淮。历代为著名的游览胜地。

②后庭花:唐教坊曲名。南朝陈叔宝与幸臣按曲造词,夸称宫人美色,男女唱和,轻荡而其音甚哀,名《玉树后庭花》。后主终因荒于声色,不理政事,以致亡国。

[点评]

　　这首诗在描写水上夜色的同时,透露出深沉的感慨,是一首脍炙人口的佳作。诗的主旨是针对当时吟诗作曲流于绮靡的风气而发,侧重于听歌时一刹那的感受。首句写景,两个"笼"字,把月、水、沙和谐地融合在一起,使人对水上的月色烟光产生一种朦胧迷茫而又清秀旖旎的美感。次句既点明了时间、地点、人物,又照应了诗题,并引出后二句诗。后二句意在讽刺歌女,她们不晓亡国之愁恨,竟然隔着江,唱

褒贤刺时·留警朝天者怅然

起了《玉树后庭花》!

　　此诗的第二句"近"字,唐人韦庄《又玄集》选此诗作"寄"。我以为作"寄"字较为妥帖。杜牧不是船家,故在秦淮津渡停泊时,当不会在船中食宿,夜间一定是寄宿在酒家。"烟笼寒水月笼沙"也正是在水边酒楼上居高临下所见之景。同时"寄酒家"突出了人物自身的活动。

# 李给事二首①

一章缄拜皂囊中,慄慄朝廷有古风②。

元礼去归缑氏学③,江充来见犬台宫④。

纷纭白昼惊千古,铁锁朱殷几一空⑤。

曲突徙薪人不会⑥,海边今作钓鱼翁⑦。


晚发闷还梳,忆君秋醉余。

可怜刘校尉,曾讼石中书⑧。

消长虽殊事,仁贤每见如⑨。

因看鲁褒论,何处是吾庐⑩。


[注释]

①李给事:即李中敏,字藏之,元和中擢进士第,曾与杜牧同

入沈传师江西幕府,入拜侍御史。性刚峭,与杜牧、李甘相
善,其文辞气节大抵不相上下。新、旧《唐书》有传。

②一章二句:谓李中敏敢于直言上书,凛然有古人的严正之
风。皂囊,黑色的封套。慄慄,严正的样子。

③元礼句:谓像李膺归故乡教授生徒一样拂袖而去。原注:
"李膺退罢,归缑氏,教授生徒;给事论郑注,告满,归颍阳。"
此以李膺比李中敏。李膺(110—169),字元礼,汉颍川襄城
(今河南襄城)人。初举孝廉,桓帝时官至司隶校尉。与太
学生首领郭泰等相结交,反对宦官专权。太学生称之为"天
下楷模李元礼",以得其接见者为"登龙门"。后被宦官诬为
结党诽谤朝廷,逮捕入狱,释放后禁锢终身。灵帝即位,被起
用为长乐少府,又与陈蕃、窦武谋诛宦官,失败被杀。《后汉
书》有传。缑氏,《文苑英华》作纶氏。纶氏属颍川郡,即颍
阳。古为纶国,故城在今河南许昌西南。而缑氏本为春秋滑
国,为秦所灭,汉置县,以地有缑山为名。治所在今河南偃师
东南。与李膺无涉。郑注,唐文宗时人,以医术方伎进用,任
太仆卿、御史大夫、工部尚书,曾勾结宦官王守澄诬逐宰相宋
申锡,天下为之侧目。李中敏面对这种恐怖的环境,以病归
颍阳。

④江充句:原注:"郑注对于浴室。"此以江充喻郑注。江充
(? —前91),字次清,本名齐,因畏罪逃亡,改名充,汉邯郸
人。以告发赵太子丹事起家。武帝任为直指绣衣使者,负责
镇压三辅盗贼,禁察贵贱奢僭,取得武帝的信任。与太子据
有嫌隙,乘武帝患病之际,诬陷太子行巫蛊,据不自安,举兵
收斩充。据后事败,亦自缢。犬台宫,汉宫名。此以江充召
对犬台宫比喻郑注召对浴堂门。

⑤纷纭二句:谓突然发生的震惊千古的甘露之祸,一时血染刀斧,朝堂为之一空。唐文宗大和九年(835),宰相李训、节度使郑注谋诛宦官,训先在左金吾大厅设伏兵,诈称后院石榴树上有甘露,诱使宦官仇士良等往观,即加诛杀。士良等至,见幕下有伏兵,惊走,事败。训、注、王涯、舒元舆等皆被杀,族诛十余家,死者千余人。史称"甘露之变"。此二句诗即谓是事。纷纭,混杂的样子。铁锧(fū zhì),古代刑具。铁是铡刀,锧是铡刀座。朱殷,赤黑色。

⑥曲突句:谓李中敏要求斩郑注是防微杜渐之举,却不受重视。曲突徙薪,传说齐人淳于髡见邻人窖直突而旁有积薪,告以改直突为曲突,并远徙其薪,否则,将失火。邻人不从,后竟失火,幸共救得息。于是杀牛置酒,先言曲突徙薪者不为功,而救火者焦头烂额为上客。突,烟囱。

⑦海边句:谓李中敏被谪海隅,至今赋闲无事。

⑧可怜二句:原注:"给事因忤仇军容,弃官东归。"谓中敏忤触仇士良,就像汉之刘向忤触石显一样被捕入狱,遭受不幸。刘校尉,刘向(前77—前6),原名更生,字子政,楚元王刘交四世孙。宣帝时任散骑谏大夫,元帝时因反对中书宦官弘恭、石显,被捕下狱。成帝时更名向,任光禄大夫,为中垒校尉。石中书,石显(?—前32),字君房,汉济南人。宣帝时以中书官为仆射。元帝时为中书令。为人外巧慧而内阴险,常持诡辩以中伤人,先后谮杀萧望之、京房及斥罢周堪、刘向等人。成帝时,迁长信中太仆,后免官,徙归故乡,途中病死。

⑨消长二句:谓历代兴亡盛衰虽然各不相同,但仁人贤士的遭遇往往是相似的。消长,即增减、盛衰或变化。

⑩因看二句:谓阅读鲁褒刺世之论,就使人想超脱尘世。鲁

褒论,即鲁褒所作的《钱神论》。鲁褒,字元道,晋南阳(今河南南阳)人,以贫素自甘,终身不仕。曾著《钱神论》以刺时。吾庐,陶渊明《读山海经》:"众鸟欣有托,吾亦爱吾庐。"

[点评]

这首诗约作于开成末年。清钱谦益、何焯《唐诗鼓吹评注》卷六:此因中敏劝早除卷注不听而作也。首言给事皂囊之奏,长有古忠臣之风,惜乎不听乃告归颍阳,则犹李膺之遭党锢而归缑氏已。且郑注见帝于浴室而进谗谀,亦如江充见君于犬台而毁太子,后至甘露之变而纷纭白昼,铁锧朱殷,其不致危亡几稀矣。以给事先见而帝不悟,如曲突徙薪而不备,故中敏见几而归钓颍阳耳。使早从其语,岂非国家之福哉!

# 商山富水驿①

益戆犹来未觉贤②,终须南去吊湘川③。
当时物议朱云小,后代声华白日悬④。
邪佞每思当面唾⑤,清贫长欠一杯钱⑥。
驿名不合轻移改⑦,留警朝天者惕然⑧。

[注释]

①商山:在今陕西商县东,亦名商岭、商坂。富水驿,即阳城

驿,商山中驿站名。原注:"驿本名与阳谏议同姓名,因此改为富水驿。"

②益戆句:谓阳城就像汲黯那样愚直。汲黯(?—前112),字长孺,汉濮阳(今河南濮阳)人。为人性倨,少礼,面折,不能容人之过。武帝时为东海郡太守,后召为九卿,敢于面折廷诤。武帝外虽敬重,内颇不悦。曾经说:"甚矣,汲黯之戆也!"后出为淮阳太守,七年而卒。益戆,非常耿直而不通世故。犹来,从来,由来。

③终须句:谓阳城也像贾谊那样,终于被贬谪到南方去了。贾谊(前201—前169),汉洛阳(今河南洛阳)人。以年少能通诸家书,文帝召为博士,迁太中大夫。数上疏陈政事,言时弊,为大臣所忌,贬为长沙王太傅,迁梁怀王太傅而卒,年三十三。湘川,即湘水,又名湘江,湖南省最大的河流。贾谊有《吊屈原赋》,即经湘水时凭吊屈原之作。以上二句说明阳城好直谏而被贬为道州刺史。

④当时二句:谓当时人们对于朱云评价不高,而后代声誉很高,如同白日悬天。此以朱云比阳城之刚直,谓当时人们虽有异议,但留名青史。物议,众人的议论。朱云,字游,汉鲁(今属山东)人。少任侠。元帝时为槐里令,数忤权贵,以是获罪被刑。成帝时复上书,愿借上方剑,斩佞臣张禹,帝怒欲杀之,御史将云去,云攀折殿槛,以辛庆忌救得免。后当治槛,帝命勿易,以旌直臣。

⑤邪佞句:对于奸恶之徒,恨不得当面唾之。邪佞,指巧言善媚,很不正派的人。当面唾,当面痛斥。指阳城反对裴延龄为相事。

⑥清贫句:谓阳城过着清贫的生活,连买酒的钱都没有。

⑦驿名句:谓阳城驿的名字不应该轻易地改动。此句当是对元稹等人轻易地改动驿名而发。不合,不应该。移改,更改。

⑧留警句:谓保留原来的驿名是要让赴京为官的人加以警诫。朝天者,指赴京做官的人。惕然,戒惧的样子。

[点评]

　　这首诗作于开成四年(839)春,时杜牧除官赴京取道长江、汉水,途经商山富水驿。富水驿即阳城驿。阳城(736—805),字亢宗,北平人。进士及第后隐于中条山。德宗时召为谏议大夫。尝疏留陆贽,力阻裴延龄入相,有直声。改国子司业,出为道州刺史。治民如治家,税赋不能如额,观察使数责让,因弃官归去。杜牧此次赴京任左补阙,亦为谏官,作此诗的目的就是要效法阳城,以敢言直谏为己任。

# 早　雁

金河秋半虏弦开,云外惊飞四散哀①。

仙掌月明孤影过,长门灯暗数声来②。

须知胡骑纷纷在,岂逐春风一一回③。

莫厌潇湘少人处,水多菰米岸莓苔④。

[注释]

①金河二句:谓金河的胡人在八月仲秋时节,开弓射猎,以使

雁群惊飞四散,在空中哀鸣。这里暗指发动战争。金河,在今内蒙古呼和浩特市南,当时是回鹘统治的地区。虏弦开,比喻回鹘南侵。虏是对敌人的蔑称。惊飞,以雁群惊飞比喻百姓四处逃散。

②仙掌二句:谓在月光映照之下,只见孤雁的身影掠过仙掌,经过长门时,在暗淡的灯光中传来几声凄清的惨叫。仙掌,汉武帝为求仙,在建章宫神明台上造铜仙人,舒掌捧铜盘玉杯,以承接天上的仙露,后称承露金人为仙掌。一说陕西太华山东峰曰仙人掌。长门,宫殿名。后以长门借指失宠的女子居住的寂寥凄清的宫院。杜牧用此,一方面表明长门是帝京的所在,另一方面也烘托出当时凄清的气氛。

③须知二句:谓须知胡人的骑兵还在北方横行,雁群怎能随着春风回到北方的故乡呢?意谓胡人铁蹄下逃难的人民,已无家可归。逐,跟随。

④莫厌二句:谓不要厌弃潇湘一带是地僻人少之处,因为这里水中的菰米与岸上的莓苔,足以提供暂且栖身的环境。潇湘,潇水与湘水,二水流经湖南境内,在零陵县合流,向北注入洞庭湖。菰米,菰实之一,一名雕胡米,古以为六谷之一。莓苔,青苔,阴湿地方生长的绿色的苔藓植物。

[点评]

本诗作于会昌二年(842)八月。唐武宗会昌二年二月,回鹘南侵,突出大同川,转战于云州城门,大肆掳掠,唐王朝下诏发陈、许、徐、汝诸处兵屯于太原、振武、天德,准备第二年春天击退回鹘。这时正是早雁南飞的季节,杜牧在黄州刺史任上,想到北方边境的人民因为回鹘统治者带兵南下,仓皇逃难，颠沛流离，而写了这首忧时感事的诗，表达了对北方饱受异族蹂躏的苦难人民的忧念和对时局的感伤。因为八月还未到深秋，所以用《早雁》标题。全诗用比兴手法，借雁以寄慨，以高超绝妙的艺术手段表达了深厚的同情，颇耐人寻味。这首诗不是一般的咏物诗，而是托物寄慨的抒情诗。表面上似乎句句写雁，实际上句句写人，句句写时局，将身世之感慨、时世之艰难融汇于对征雁的描绘中。清贺裳《载酒园诗话》说此诗"似是寄托之作"，一语切中鹄的。

会昌二年春天，杜牧由比部员外郎外放为黄州刺史。他推测自己由京官外放，是由于宰相李德裕的排挤。并在德裕执政数年中很不得志。黄州是一个穷僻的小州，杜牧又与朝中人事离阔，深感孤独寂寞，如同孤雁一般，不知归期何日。诗的末尾故作慰藉语，谓此州虽小，尚可栖身。杜牧的忧时感事之作，大多直陈时事，而《早雁》却另辟蹊径，通体用比兴手法，全篇以想象贯之。以虚衬实，虚景藏情，虚实结合，曲尽其妙。

时序节令

# 但将酩酊酬佳节

# 长安秋望

楼倚霜树外，镜天无一毫。

南山与秋色<sup>①</sup>，气势两相高<sup>②</sup>。

[注释]

①南山：即终南山。秦岭山峰之一，在陕西西安市南。
②气势句：谓清净的秋色与峻拔的山势两者争比高低。

[点评]

  这首诗写长安远望中的秋景。全诗紧扣"望"字，从地上、空中、山色三个不同的角度选景，意境高远，格调清新，臻于诗中有画、画中有诗的境地。尤其是"南山与秋色，气势两相高"二句，真是把终南山的秋景写绝了。这二句形象地表现了终南山的山势与秋天的季节特点，把本来难以比较的南山与秋色互相比配，互相烘托，说成要比个高下似的。读者至此也就无不置于秋高气爽的诗情画意中了。所以后人誉此诗为"警绝"之作。

  杜牧"南山与秋色，气势两相高"，把二者分开来写，使之互相对比，互相映衬，有形的南山衬托出抽象缥缈的秋气，明净的秋色辉映着峻拔高耸的南山，同一意象运用不同的处理手段，各臻其妙。

# 江南春绝句

千里莺啼绿映红，水村山郭酒旗风。

南朝四百八十寺，多少楼台烟雨中①。

[注释]

①南朝二句：极言南朝寺庙之多。楼台，指寺院的建筑。

[点评]

  这首诗题曰"江南春"，则着意描写千里江南的锦绣春色，触发了诗人吊古伤今的感慨。诗的前二句写景，后二句言情。由大好的春色而引起吊古伤今的感慨，也隐约透露出诗人对人生青春不长驻的叹息。这是一首感伤情调比较浓重的抒情诗。诗的前半从横的方面写出江南春景的广阔无边与丰富多彩，后半则从纵的方面有感于昔日的繁盛、今日的衰败，是大好春色的一种反跌。正因如此，才在峭健中又有风流华美之致，体现出俊爽的风格，成为杜牧的代表作品。

# 七　夕①

云阶月地一相过,未抵经年别恨多。

最恨明朝洗车雨,不教回脚渡天河②。

[注释]

①七夕:阴历七月七日。相传为牛郎织女相会之日。
②天河:银河。

[点评]

　　这首诗不见于杜牧《樊川文集》,连《外集》《别集》都不载,是否确为杜牧所作,尚值得探讨,然《全唐诗》作为补遗收入杜牧诗中,故暂且作为杜牧诗。本诗记事名篇,立意奇警,又似别有所托。作者在诗中极力表现的是一个"恨"字,有聚会之恨,有离别之恨,而归根结底是对拆散他们的天帝之恨。诗意层层推进。为了表现"恨",诗人着力于"聚"与"别"的对照,用"未抵"将恨升华,又用"最"将恨推向极致。《新唐书》说杜牧"刚直有奇节",然"困踬不自振",颇有抑郁不平之气。此诗大概是他借牛郎织女的故事抒发自己的感慨,暗寓对时局的不满情绪。所表现的是自己内心深处那不可遏止而又无法排遣之恨。

# 初冬夜饮

淮阳多病偶求欢，客袖侵霜与烛盘①。

砌下梨花一堆雪，明年谁此凭栏干②。

[注释]

①淮阳二句：谓自己像汲黯那样忧愁多病，偶尔借酒消愁，求取欢乐，而天气严寒，衣袖上、烛盘里都结了霜。淮阳，指汲黯，字长孺，汉濮阳（今河南濮阳）人。武帝时为东海郡太守，后召为九卿，敢于面折廷诤，武帝外虽敬重，内颇不悦。黯多病，卧阁内不出。

②砌下二句：台阶下一堆梨花似的白雪，多么诱人，而明年此日，有谁来这里凭栏欣赏呢？

[点评]

诗人在初冬雪夜，小饮一杯，聊遣客中况味。"淮阳多病"，用汉代汲黯事。据《汉书·汲黯传》，汲黯屡次犯颜直谏，后拜淮阳太守，谢不受印。泣曰："臣常有狗马之心，今病，力不能任郡事。"后卒于淮阳任所。杜牧用此典故，情调非常感伤。

# 齐安郡晚秋①

柳岸风来影渐疏②,使君家似野人居③。

云容水态还堪赏,啸志歌怀亦自如④。

雨暗残灯棋欲散,酒醒孤枕雁来初。

可怜赤壁争雄渡⑤,惟有蓑翁坐钓鱼⑥。

[注释]

①齐安郡:即黄州,故址在今湖北黄冈西北。唐文人习惯称州为郡,刺史为太守,故此处言齐安郡。

②柳岸句:谓秋风从柳岸吹来,岸边的柳叶已稀疏凋落。

③使君:汉时刺史为使君,汉以后对州郡长官亦尊称为使君。此处是杜牧自指。野人:乡野之人,平民。

④自如:不拘束,活动不受阻碍。

⑤可怜:可叹。赤壁:指黄州赤壁矶。

⑥蓑翁:穿着蓑衣的渔翁。

[点评]

这首诗约作于会昌三年(843),时杜牧在黄州刺史任。作者守黄州,是被人排挤出朝的,因而颇有投闲置散之感。诗写外放之后的寂寞苦闷情怀,也透露出闲逸的情思。且通过古今对比,抒发人世沧桑之感。"柳岸风来""云容水态",

写齐安郡之景；"啸志歌怀""酒醒孤枕"，抒作者失意之情；"野人居""棋欲散"，状闲逸之态。最后"可怜赤壁争雄渡，惟有蓑翁坐钓鱼"，通过古今对比，抒发人世沧桑之感。

# 九日齐山登高①

江涵秋影雁初飞②，与客携壶上翠微③。

尘世难逢开口笑④，菊花须插满头归⑤。

但将酩酊酬佳节⑥，不用登临恨落晖⑦。

古往今来只如此，牛山何必独沾衣⑧。

[注释]

①九日：即九月九日重阳节，古时有登高的习俗。齐山在今安徽贵池县东南。

②江涵句：秋色映照在碧水之中，雁群开始南飞。涵，包容。

③与客句：与客人携带酒壶，结伴登上苍翠的山峰。翠微，轻淡青葱的山色，此处代指山坡。齐山有翠微亭，是杜牧为刺史时所建。

④尘世句：谓人世间难得有心情舒畅的日子。尘世，犹言人间。

⑤菊花句：谓与友人登山，自应菊花插满头，尽兴而归。古人有重阳插花的习惯，杜牧即化用其意。

⑥但将句:谓只有喝得酩酊大醉,才对得起这样的佳节。酩酊(mǐng dǐng),大醉的样子。

⑦不用句:不必在登山的时候,对着落日的余晖,惆怅伤感。

⑧牛山句:何必像齐景公那样游于牛山而黯然下泪呢?牛山,在山东淄博市东。

[点评]

　　这首诗作于会昌五年(845)重阳日。张祜会昌五年来池州拜访杜牧,九月九日与杜牧同登齐山,牧作此诗。齐山在今安徽贵池县东南。九月九日重阳节,古人在这一天要登高饮菊花酒。杜牧与张祜都怀才不遇,因而此诗是抒发愤慨之作。全诗爽快健拔而又含思凄恻,向被推为佳作。

# 湖南正初招李郢秀才①

行乐及时时已晚②,对酒当歌歌不成③。

千里暮山重叠翠④,一溪寒水浅深情⑤。

高人以饮为忙事⑥,浮世除诗尽强名⑦。

看著白蘋芽欲吐⑧,雪舟相访胜闲行⑨。

[注释]

①正初:阴历正月初一。李郢,字楚望,大中时及进士第,官

侍御史。秀才，唐人谓应进士者为秀才。时李郢尚未中进士，故称。"湖南"为"湖州"之误，李郢有《和湖州杜员外白蘋洲见忆》诗与之同韵可证。唯无版本依据，故不遽改。

②行乐及时：适时清遣娱乐。

③对酒当歌：用曹操《短歌行》意："对酒当歌，人生几何。譬如朝露，去日苦多。"

④千里句：谓湖州傍晚时分，可见到的是重叠的高山绵延千里。

⑤一溪句：谓带有寒意的溪水或深或浅，但都清澈见底。

⑥高人：超世俗的人。

⑦浮世句：谓人世间除了作诗外，一切都徒有虚名。浮世，人间，人世。旧时以为世事虚浮无定，故称。强名，虚名。

⑧白蘋：一种水中浮草，即马尿花。湖州有白蘋洲，盛生白蘋。

⑨雪舟相访：用王子猷雪夜访友事。

[点评]

　　这首诗作于大中五年（851）正月初一，时杜牧为湖州刺史。这首诗是表达杜牧晚年心境的典型作品。正月初一是中国古来最为盛大的节日，而杜牧这首诗却想行乐及时，但又赶不上时光，欲对酒当歌，也很难成事。大概是他经过了多年的弃逐，好容易盼到一朝回朝，但朝中非常复杂，并非理想之所，故于大中四年秋后，又主动要求出守湖州。在湖州的第一个春节就写下了这样的一首诗，对一个尚未及第的秀才李郢倾诉心曲。"高人以饮为忙事，浮世除诗尽强名"，是经历了人世沧桑后的看破红尘之语，从中也可以窥见晚唐士人的心态及其对诗歌的影响。

# 正初奉酬歙州刺史邢群①

翠岩千尺倚溪斜,曾得严光作钓家②。

越嶂远分丁字水③,腊梅迟见二年花。

明时刀尺君须用④,幽处田园我有涯。

一壑风烟阳羡里⑤,解龟休去路非赊⑥。

[注释]

①正初:阴历正月初一。歙州刺史邢群,杜牧的友人,字涣思,及进士第,为浙西节度使幕吏,以杜牧荐,入朝为监察御史。会昌五年(845)由户部员外郎出为处州刺史。转歙州。大中三年(849)卒于东都洛阳,年五十。杜牧为其撰墓志铭。

②严光:字子陵,会稽余姚(今浙江余姚)人。少与光武帝刘秀同游学,有高名。秀称帝,光变姓名隐遁。秀派人觅访,征召到京,授谏议大夫,不受,退隐于富春山。《后汉书》载《隐逸传》。严子陵钓台在今浙江桐庐县富春山,下瞰富春渚,有东西二台,各高数百丈。见《读史方舆纪要》卷九十《严州府》。

③丁字水:清冯集梧《樊川诗集注》卷四引《一统志》:严州府东阳江,在建德县东南二里,上流即衢、婺二港,至兰溪县合流,又北至县东南入浙江,形如丁字,亦名丁字水。

④刀尺:剪刀和尺。喻指做官掌权。

⑤阳羡:在江苏宜兴南,自古以产茶著名,为风景胜地。杜牧其地有别墅。

⑥解龟:解去所佩的龟印,即辞官。赊:遥远。

[点评]

　　本诗作于大中二年(848)正月初一。元方回《瀛奎律髓》卷四:"前四句言各州之景,后四句言情,皆佳句也。"邢群是杜牧的友人,在此之前,写了一首诗给杜牧,即《郡中有怀寄睦州员外杜十三兄》。杜牧收到邢群诗后,就作了这首诗奉酬。诗的前四句写睦州的景色,翠岩千尺而倚溪流斜转,这正是绝好的隐居之地,故古代著名的隐者严光就在这里,并留下著名的钓台。这里万山叠嶂,溪流屈曲,而作者在这里已有二年。第五句勉励邢群做官掌权,为国效力;第六、七、八句写自己的志趣,要解印辞官,退隐田园。

国家兴亡

听取满城歌舞曲

# 今皇帝陛下一诏征兵，不日功集，河湟诸郡，次第归降，臣获睹圣功，辄献歌咏

捷书皆应睿谋期，十万曾无一镞遗②。

汉武惭夸朔方地③，宣王休道太原师④。

威加塞外寒来早⑤，恩入河源冻合迟⑥。

听取满城歌舞曲，凉州声韵喜参差⑦。

[注释]

①河湟：指黄河、湟水两流域地。

②十万句：谓十万大军收复河湟，轻而易举地取得成功，连一个箭头都不曾遗失。

③汉武句：谓汉武帝曾驱逐匈奴，收复朔方地，如果他知道今天收复河湟之事，恐怕也对当年夸耀战功感到惭愧。汉武，指汉武帝，他曾于元朔二年（前127）遣将军卫青、李云出云中，至高阙，收河南地，置朔方、五原郡。

④宣王句：谓周宣王北伐猃狁，至于太原的赫赫战功，与现在相比，也就不值得称道了。宣王，即周宣王，西周时中兴之主，在位长达四十六年。

⑤威加句：谓声威加于边塞之外，使异族之人感到胆慑，虽未到冬天，已很觉胆寒。

⑥恩入句:谓恩惠到了河源地区,使那里的老百姓感到无限温暖,似乎黄河冰冻的时间也推迟了。河源,黄河发源地,这里指河湟一带。

⑦凉州句:凉州本为西汉置,辖境相当于今甘肃宁夏和青海湟水流域,内蒙古纳林河、穆林河流域,为汉武帝十三刺史部之一。唐天宝间乐曲,常以边地名,若《凉州》《伊州》《甘州》之类。这里"凉州",指凉州地区的乐曲。

[点评]

　　这首诗作于唐宣宗大中三年(849)。当时吐蕃内乱,久陷于河湟地区的汉人发动起义,唐朝廷也出兵响应,数月之间,收复了三州七关,河湟地区人民回归祖国。八月,河湟地区千余人到长安,唐宣宗在延喜门迎接,他们当众脱去胡服,换上汉装,观者皆欢呼雀跃。杜牧睹此圣功,故作这首诗。全诗赞扬了宣宗收复河湟的功业,表现了作者爱国主义的热情。

# 河　湟<sup>①</sup>

元载相公曾借箸<sup>②</sup>,宪宗皇帝亦留神<sup>③</sup>。

旋见衣冠就东市<sup>④</sup>,忽遗弓剑不西巡<sup>⑤</sup>。

牧羊驱马皆戎服<sup>⑥</sup>,白发丹心尽汉臣<sup>⑦</sup>。

惟有凉州歌舞曲,流传天下乐闲人<sup>⑧</sup>。

[注释]

①河湟:指湟水流入黄河一带地区。唐肃宗后,长期被吐蕃侵占,宣宗时收复。

②元载句:谓宰相元载曾经策划收复河湟。元载,字公辅,代宗时为相。曾任西州刺史。大历八年(773),他曾了解河西、陇右情况,并上书代宗,附上地图,以谋划收复河湟,并提出西北边防的措施,但代宗犹豫不决。借箸,秦末楚汉战争时,郦食其劝刘邦立六国后代,共同攻楚。刘邦正在吃饭,张良入见,以为计不可行,说:"臣请借前箸筹之。"意为借刘邦吃饭用的筷子,以指代当时形势。后用来指代人策划。此处谓元载代唐代宗谋划收复河湟。

③宪宗句:谓宪宗皇帝也对河湟之事很关心。留神,指留意西北边事。

④旋见句:谓不久以后,元载就得罪下狱,而被处死了。衣冠就东市,用西汉晁错事。晁错(前200—前154),汉颖川(今

河南颖川)人。景帝即位,贵幸用事,迁为御史大夫,请削诸侯封地以尊京师。"吴楚七国果反,以诛错为名。及窦婴、袁盎进说,上令晁错衣朝衣,斩东市。"元载于大历十二年三月赐自尽,情形与晁错相似。

⑤忽遗句:谓唐宪宗突然去世,来不及巡视西北以收复河湟。遗弓剑,指皇帝死亡。传说黄帝铸鼎于荆山下,鼎成,有龙下迎,黄帝乘之升天,群臣后宫从上者七十余人。其余小臣不得上龙身,乃持龙髯,而龙髯拔落,并堕黄帝之弓,百姓遂抱其弓与龙髯而哭号。后用为哀悼皇帝的典故。此处指唐宪宗之死。宪宗元和十五年(820)被宦官陈宏志所杀。

⑥牧羊句:谓汉人在河湟地区都穿着戎服驱羊牧马。意谓他们受吐蕃的奴役。戎,是古代对西方少数民族的通称。

⑦白发句:谓河湟治人的心,始终向着祖国,至老不变。汉臣,用苏武事,喻河湟人民不忘故国。苏武出使匈奴被扣留,持汉节牧羊十九年,等到归汉时,须发尽白。

⑧惟有二句:谓凉州歌舞在国内广为流传,富贵闲人们以此消闲娱乐,而对河湟失地却漠不关心。凉州,唐河湟地区州名。歌舞曲,指以凉州命名的乐曲。

[点评]

唐天宝十四年(755),安史之乱爆发,吐蕃乘机侵略河湟一带,对唐王朝造成极大的威胁,当地人民也长期遭受奴役。具有忧国忧民热情与经邦济世抱负的杜牧,对于吐蕃统治者侵占的河湟地区,一直很关心。这首诗是杜牧的感时之作,表达了关怀国家命运,要求收复失地的愿望。诗在艺术上的成就首先是精于用典。第一句用张良借箸代筹事,第三句用晁错被斩事,第四句用黄帝乘龙事,其意都是对河湟没有收复表示叹惜;第五、六句用苏武牧羊事,对沦陷区人民的白发丹心表示赞许。这样使得全诗典雅凝重,别有风韵。其次作者成功地运用了分承对比的方法。第三句承第一句,第四句承第二句,分咏和合咏结合,显得跌宕有致俊爽不群,在结构上更紧凑。再次是用对比手法。一是将当时朝廷统治者和前朝宪宗李纯、宰相元载加以比较,暗寓当时统治者的苟且偷安;二以君臣们收复失地的愿望与结果的反差对比;三是将统治者沉溺于来自河湟的凉州歌舞,与沦陷地区百姓的艰难处境及其坚贞的爱国之心对比,暗寓统治者的不思进取;四是以艰难百姓与富贵闲人对比。通体不着一字议论,然一褒一贬,爱憎分明。其缺陷在于首句过于质朴,缺乏文采,故后人不甚赞赏。

# 奉和白相公圣德和平,致兹休运,岁终功就,合咏盛明,呈上三相公长句四韵①

行看腊破好时光②,万寿南山对未央③!

黠戛可汗修职贡④,文思天子复河湟⑤。

应须日御西巡狩⑥,不假星弧北射狼⑦。

吉甫裁诗歌盛业⑧,一篇江汉美宣王⑨。

[注释]

①白相公：即白敏中，会昌六年入相，大中三年罢为尚书右仆射。三相公：即马植、魏扶、崔铉。与白敏中同在相位。

②腊破：腊月已尽，春天到来。本句行看腊破，指腊月即将结束。

③万寿南山：祝人吉祥之语，犹今日常言之"寿比南山"。南山，唐长安城南的终南山。未央：汉宫名，代指唐朝宫殿。

④黠戛可汗：即黠戛斯的头领。黠戛斯是古代的坚昆国，其君主阿热。会昌中，阿热遣注吾合素至京师，武宗以其地穷远而能修职贡，命太仆卿赵蕃慰问其国。

⑤文思天子：指唐宣宗。因为大中二年，群臣上尊号为"圣敬文思和武光孝皇帝"。复河湟：大中三年二月，陇西人民以秦、原、安乐三州及石门等七关来归。八月，河陇收复后，老幼千余人来长安，脱胡服，易汉服，宣宗登延喜门楼见之，皆舞蹈呼万岁。杜牧亲睹其盛，作此诗歌颂。

⑥日御：即羲和，神话中的御日者。

⑦星弧：即弧星，又称天弓星，在狼星东南。古人认为，天弓星主备盗贼，常向于狼。弧矢动移不如常者，多盗贼，蕃兵大起，天下乱。

⑧吉甫：即尹吉甫，古代著名的贤臣。

⑨江汉：《诗经》的篇名，传说是尹吉甫所作，歌颂周宣王的功业。杜牧用这一典故，歌颂唐宣宗，可谓别具匠心。

[点评]

　　这首诗作于大中三年(849)，这一年的二月，吐蕃内乱，陇西人民以秦、原、安乐三州及石门等七关来归。朝廷以太仆卿陆耽为宣谕使,诏泾原、灵武、凤翔、邠宁、振武皆出兵接应。六月,泾原节度使康季荣取原州及石六等六关。七月,灵武节度使朱叔明取安乐州,邠宁节度使张君绪取萧关,凤翔节度使李玭取秦州。八月,河陇收复后,老幼千余人来长安,脱胡服,易汉服,宣宗登延喜门楼见之,皆舞蹈呼万岁。杜牧亲睹其盛,曾作《今皇帝陛下一诏征兵,不日功集,河湟诸郡,次第归降,臣获睹圣功,辄献歌咏》诗。年底,宰相白敏中作《贺收秦原诸州诗》,马植、魏扶、崔铉都有和作,杜牧此时正在京为司勋员外郎,故作此诗以歌颂。全诗主要是写唐宣宗收复河湟的功业,末二句用尹吉甫作《江汉》诗歌颂周宣王的典故,歌颂白敏中等宰相辅佐唐宣宗功绩。

论诗论艺

# 天外凤凰谁得髓

# 读韩杜集①

杜诗韩集愁来读，似倩麻姑痒处抓②。

天外凤凰谁得髓，无人解合续弦胶③。

[注释]

①韩即韩愈，杜即杜甫。中唐、盛唐时期的大文学家。

②倩：请。麻姑：传说中女仙。东汉桓帝时，仙人王远降于蔡经家，召麻姑至，年十八九，甚美。自云："接待以来，已见东海三为桑田。向到蓬莱，水又浅于往者会时略半也，岂将复还为陵陆乎？"蔡经见麻姑手指纤细似鸟爪，自念："背大痒时，得此爪以爬背，当佳。"

③天外二句：谓韩、杜之作无人接响，如同凤髓难求，没有办法把折断的弓弦续上。续弦胶，古代神话，称凤麟洲以凤啄麟角合煮作胶，名续弦胶，又名集弦胶、连金泥，弓弦或刀剑断折，著胶即可连接。见旧题汉东方朔《十洲记》、晋张华《博物志》卷二。

[点评]

韩即韩愈，杜即杜甫。杜牧诗文深受杜甫、韩愈的影响，这首诗就是杜牧写读韩杜集的感受，表现了对韩、杜文学成就的推崇。诗的前二句是正面抒写自己的感受。后二句是从侧面描写,用奇特的比喻,说明无人能够继续杜甫与韩愈在诗文上的高度成就。全诗四句,两处用典,但不见生涩,可见杜牧作绝句的功力。诗的第三句,不言"凤啄",而言"凤髓",是死典活用,别具韵味。

杜牧这首诗,一方面表现对杜、韩的钦佩,另一方面也是针对当时的文风有感而发。杜牧为诗,"本求高绝,不务奇丽,不涉习俗,不今不古,处于中间"(《献诗启》),作文是"铺陈功业,称较短长"(《上安州崔相公启》),颇有力矫时弊之意。本诗正是他文学主张与文学实践的具体表现。

# 屏风绝句

屏风周昉画纤腰①,岁久丹青色半销②。
斜倚玉窗鸾发女③,拂尘犹自妒娇娆④。

[注释]

①屏风:室内陈设。用以挡风或遮蔽的器具,上面常有字画。周昉:字景玄,京兆人。唐朝著名的画家。纤腰:代指女子。
②丹青:指画像,图画。
③鸾发:鸾髻。
④娇娆:柔美妩媚。

[点评]

这是一首题屏风画的诗。这幅画是唐朝大画家周昉所作。其画最擅长表现上层妇女的日常生活,故用之屏风较多。杜牧这首题画之作,前二句是正面描写,后二句是侧面描写。由倚窗少妇见到画中之人,顿生嫉妒之心,从而衬托出画之高妙。这是深一层的写法。读者由此可以想见,周昉"丹青色半销"的旧画尚且如此,则当其初画成时,其魅力就可想而知了。

# 雪晴访赵嘏街西所居三韵<sup>①</sup>

命代风骚将<sup>②</sup>,谁登李杜坛<sup>③</sup>。

少陵鲸海动<sup>④</sup>,翰苑鹤天寒<sup>⑤</sup>。

今日访君还有意,二条冰雪独来看。

[注释]

①赵嘏:杜牧友人。会昌四年登进士第,大中中官至渭南尉。街西:唐长安以朱雀门街为中心,万年、长安二县以此为界。万年领街东五十四坊及东市,长安领街西五十四坊及西市。

②风骚:借指诗歌。

③李杜:李白与杜甫,盛唐时期伟大的诗人。

④少陵:指杜甫,因其家于长安少陵原,故称杜少陵。

⑤翰苑:指李白,因李白曾被召入长安,为翰林待诏,故称。

[点评]

　　这首诗是杜牧称赞友人赵嘏之作。赵嘏字承祐,是晚唐的著名诗人,因其名句"残星几点雁横塞,长笛一声人倚楼",而被时人称为"赵倚楼"。杜牧认为在当时诗坛上,赵嘏的地位就像盛唐时期的李白与杜甫一样,当然这是一种夸张的说法。这首诗最值得重视的是杜牧对于李白与杜甫的推崇以及对于二人诗歌风格的认识。他认为李杜是盛唐诗坛上独领风骚的大诗人,这就确定了二人崇高的地位。"少陵鲸海动,翰苑鹤天寒",用两个贴切的比喻表现出二人诗歌的风格特征。杜甫诗深沉浑厚,如同大海鲸翻;李白的诗飘逸俊爽,如同独鹤冲天。从杜牧对于李、杜诗歌的看法,我们可以体会出唐人对本朝诗人的认识。